人物で探る！
日本の古典文学
大伴家持と
紀貫之
万葉集
土佐日記
古今和歌集
伊勢物語 ほか

もくじ

人物で探る！日本の古典文学 大伴家持と紀貫之

※本書で紹介している作品のタイトル下にあるアイコンは、和歌は和歌、漢詩は漢詩、歌物語は歌物語、日記は日記・紀行文学のことをさします。

大伴家持と紀貫之が活躍した時代

比べてみよう 時代を代表する歌人

奈良時代を代表する歌人の大伴家持と、平安時代を代表する歌人の紀貫之。二人はどんな人物だったのか、それぞれのプロフィールを見てみましょう。

大伴家持

多くの歌人に囲まれて成長した

奈良時代の歌人。上流貴族の家に生まれ、政治家でもあった。日本の和歌集の中で、もっとも古いとされている『万葉集』の編集に深くかかわったといわれている。三十六歌仙に選ばれている。

かささぎの
わたせる橋に
置く霜の
白きを見れば
夜ぞふけにける

大伴家持の和歌
(百人一首におさめられている)

718年ごろ〜785年

政治家で歌人
746年、越中守(今でいう富山県知事)になった。その後もいろいろな国の国司となり、783年に従三位中納言という高い位についた。

大伴旅人
政治家で歌人。大宰帥という大宰府の長官の仕事についていた。漢詩や和歌が『懐風藻』や『万葉集』におさめられている。

大伴坂上大嬢
大伴坂上郎女の娘で、家持のいとこ。

大伴坂上郎女
家持のおばで、歌人。早くに父親を亡くした家持を育てた。

この作品もチェック!

『万葉集』▼21ページ
『百人一首』▼76ページ

用語解説 ＊国司……地方(国)の支配を命じられて都から送られた役人。今の県知事のような役割があった。国名に守をつけ、○○守とよばれた。

紀貫之

新しいジャンルをきりひらいた

平安時代の初めごろにつくられた『古今和歌集』の撰者の一人。また、日本で一番古いといわれている日記文学『土佐日記』の作者。中流貴族で、三十六歌仙に選ばれている。

比べてみよう!!

仕事は？

政治家で歌人
少内記、大監物などの役職につき、晩年には土佐守(今でいう高知県知事)となった。その後、京にもどり、従五位上木工権頭などの役職についている。

父親は？

紀茂行(望行)
政治家。貫之が幼いころに亡くなっている。

妻は？

不明

かかわりが深かった人物は？

紀友則
貫之のいとこ。貫之とともに『古今和歌集』の編集にかかわった。

生没年は？

868年ごろ～946年ごろ

人はいさ
心も知らず
ふるさとは
花ぞ昔の
香ににほひける

(百人一首におさめられている紀貫之の和歌)

この作品もチェック！

『土佐日記』▼66ページ
『古今和歌集』▼44ページ
『百人一首』▼76ページ

用語解説
＊三十六歌仙……藤原公任が選んだ家集『三十六人集』に選ばれた飛鳥～平安時代の代表的な36人の歌人。
＊撰者……詩歌などを選び集めて編集する人。

見てみよう 大伴家持が活躍した奈良時代

『万葉集』は七七〇年ごろに完成したと考えられています。その時代は、平城京（今の奈良市）に都があった時代。当時の都はどんなもので、世の中の様子はどうだったのでしょう。今から約一三〇〇年前にさかのぼってみましょう。

和歌に詠まれた平城京

奈良時代は、元明天皇が平城京に都を移した七一〇年から、桓武天皇が平安京に都を移す七九四年までの八十四年間のこと。平城京は、現在の奈良市の中心部から少し西よりの場所にあった。

なぜ元明天皇がこの地に都を移したかというと、東、北、西の三方が山に囲まれ、南が開けている地形は「縁起がよい」と考えたから。そのころの日本は唐（昔の中国）をお手本にしていたため、唐の都だった長安をまねて都市づくりをした。

平城京の町は、下の図のようなつくりになっていたと考えられている。北側中央の「平城宮」は天皇が住む場所であり、政治の中心。そこに向かって、タテ・ヨコに規則正しく道がつくられていた。そして、貴族や役人、庶民の住まいが立ち並んでいた。都の人口は七万〜二十万人いたといわれている。

平城京のことを和歌に詠んだんだ。

小野老

あをによし　奈良の都は　咲く花の
薫ふがごとく　今盛りなり
（『万葉集』小野老／巻三・三二八）

所蔵先：奈良市役所

平城京の復元模型。右京、左京、外京に分かれていた。平城宮に続く朱雀大路は幅74メートルあったといわれている。東と西の2か所に市場があり、全国の特産品がとりひきされていた。

権力争いが続いた政治

当時は、天皇が中心となり、政治をおこなって国をおさめていた。だが、藤原氏をはじめとする貴族が力をつけてきて、貴族どうしの争いがたびたび起きるようになった。

皇族と貴族の争い 長屋王事件

七二九年二月に起きた事件。藤原氏が政治的に対立していた皇族の長屋王を倒すために、「長屋王が悪いたくらみをしている」という、うそのうわさを流した。これに追いつめられた長屋王は自殺。妻や四人の子どもたちもあとを追って亡くなった。

不吉をふりはらうため 転々と移動した都

奈良時代は、何度か一時的に都が移ったことがある。東大寺の大仏をつくらせたことで有名な聖武天皇は、七四〇〜七四五年の間に四回も都を移した。それは、天災や争いごと、反乱、食糧難など不吉なことが続いたため。世の中が平和になるようにとの願いをこめて、運気のよいほうへと都を移しかえた。

用語解説

＊あをによし……「奈良」にかかる修飾語。決まった言葉にかかる修飾語は、和歌の技法の一つで「枕詞」▼26ページという。

＊藤原種継暗殺事件……長岡京の建設の中心だった藤原種継が暗殺された事件。事件直前に亡くなった大伴家持を中心とした人たちが起こしたとされ、家持は死後、官位をはくだつされたが、のちにもどされた。

平城京 →① 恭仁宮（京都府） →② 難波宮（大阪府） →③ 紫香楽宮（滋賀県） →④ 平城京

のマークの ひっこし

事件をたくらんだ藤原氏四兄弟は、その後、病で亡くなり、長屋王の呪いといわれた。

平城京から長岡京へ

桓武天皇が即位してから三年後の七八四年、都が平城京から京都の長岡京へと移された。都を移すのはお金も労力も必要で、民衆が苦しむことになる。その反発をおしきってでも実行したのは、政治的な争いを終わらせるためだった。

平城京では仏教の勢力が強まり、僧侶が政治にまで口をだしてくるようになっていた。僧侶側に味方する貴族などもでてきて、意見のちがう者どうしで争いが絶えず起こっていた。そこで、仏教と距離をおくために、都を移す必要があったのだ。しかし、長岡京でも争いや災害が続き、十年後、桓武天皇は平安京に都を移した。

長岡京への遷都に反対して起こした藤原種継暗殺事件がきっかけで、大伴家は世間から反逆者と見なされてしまったんだ。私はその事件の直前に死んでいたのに、官位をはくだつされたんだよ。

大伴家持

奈良時代にさかえた天平文化

奈良時代には仏教や漢詩など中国の唐からさまざまな文化がもちこまれました。それが日本で吸収されて、平城京を中心に、貴族の文化として花開きます。これを「天平文化」といいます。

海外の影響を受けた天平文化

奈良時代の半ば（七二九〜七四九年ごろ）にさかえた文化。聖武天皇の時代の元号である天平から「天平文化」とよばれる。

遣唐使（中国の唐への使者）や留学生、日本に仏教を伝えるために来た僧などが、唐の文化をもちこんだ。唐の文化といっても、シルクロードを通じて、インドやペルシャなどから中国に伝わったさまざまな国の文化もまじっている。

ちなみに、当時伝えられた宝物が、今でも奈良の正倉院に保管されている。

正倉院に保管されている国宝の螺鈿紫檀五絃琵琶。奈良時代のもの。琵琶はインド生まれの楽器で、絵柄はラクダに乗って琵琶を弾いているペルシャ人。

正倉院宝物:螺鈿紫檀五絃琵琶

人々が助けをもとめた仏教

奈良時代は、天災や食糧難、病気の流行などで人々が苦しんだ。また、貴族どうしの争いも絶えなかった。平和を願った聖武天皇は、仏の力を借りて世の中を幸せにしようと考えた。

そこで、積極的に仏教を迎え入れ、東大寺を建てて大仏をつくらせた。また、各地に国分寺や国分尼寺を建て、日本全体に仏教が広がるようにした。国分寺や国分尼寺は寺院ではあるが、一方で、民衆をまとめたり管理したりする地方の役所的な役割ももっていたといわれている。

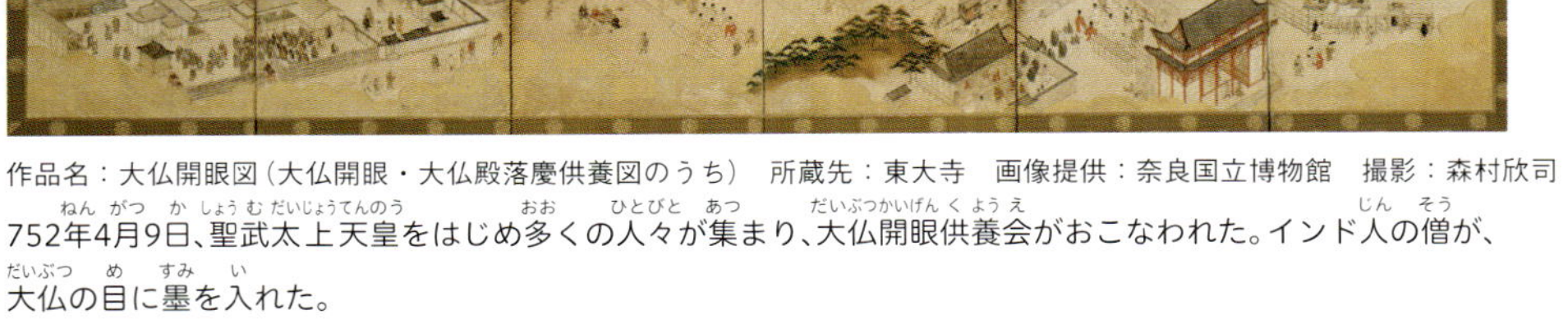

作品名：大仏開眼図（大仏開眼・大仏殿落慶供養図のうち）　所蔵先：東大寺　画像提供：奈良国立博物館　撮影：森村欣司

752年4月9日、聖武太上天皇をはじめ多くの人々が集まり、大仏開眼供養会がおこなわれた。インド人の僧が、大仏の目に墨を入れた。

日本に影響を与えた海外の文化

奈良時代、遣唐使は天皇の使者として中国の唐へ渡り、政治や仏教、漢詩などを勉強した。唐のめずらしい美術品やお経、楽器、食器なども持ち帰った。そして、日本で人々にそれらを伝えた。お経をねずみにかじられないように、船に乗せた猫が日本の猫の先祖だといわれている。

また、逆に唐から日本に来る留学生や僧もいた。彼らもお土産としてめずらしい品々を持ってきたり、日本の人々に唐の文化を教えたりした。

所蔵先：高岡市万葉歴史館

遣唐使船の模型。本来の遣唐使船は、長さ約30メートル、幅が約7～8メートルといわれている。

唐の皇帝に気に入られた阿倍仲麻呂

遣唐使だった阿倍仲麻呂は、中国の唐で、エリートでも合格するのが難しい試験「科挙」にみごと合格。唐の玄宗皇帝に気に入られて、なかなか日本に帰れず、最後は唐の長安で亡くなった。「早く日本に帰りたい」と日本をしのんだ歌が『古今和歌集』にのっている。

天の原　ふりさけ見れば　春日なる
三笠の山に　いでし月かも
（『古今和歌集』巻九・四〇六）

日本語を漢字で書いた万葉仮名

万葉仮名とは、漢字の音読み訓読みの音を用いて、日本語を書きあらわした文字。漢字の一字一字を、日本語の一音一音にあてはめていくもので、漢字の意味は関係ない。

この時代には、まだひらがなやカタカナがなかったので、このような万葉仮名が使われた。「万葉仮名」とよばれるようになったのは、『万葉集』で使われている文字だから。

【万葉仮名】

あ…安、阿、吾、など
い…以、伊、異、など
う…宇、有、得、など
え…衣、江、得、など
お…於、乙、意、など

奈良時代のくらし

当時の都には貴族や役人、僧や兵士、農民など、さまざまな人が住んでいました。身分や職業によってくらしぶりは大きくちがいます。ここでは、上流階級の貴族とふつうの庶民のくらしを見てみましょう。

はなやかなくらしぶりの貴族

都の住人の多くは、役所（朝廷）関係の仕事をする役人たちだった。役人の位には約三十の階級があり、一位から五位までの階級の高い役人を「貴族」といった。その人数は、一〇〇〜一五〇人くらいとされている。

貴族は平城宮の近くに広い土地を与えられ、土でつくった高いへいに囲まれた大きくて立派な家に住んでいた。家には、広い庭園があり、そこでお酒をのんだり、楽器を弾いたり、舞を舞ったりして宴会を楽しんだ。

服装

身につけるかぶり物や、衣服、帯の金具まで、身分（位）によって色と素材が決められていた。紫や青は位の高い色とされた。着物は絹で、美しいもようが織られたり、刺繍がほどこされたりしていた。

男の人は、上は袍とよばれる体をすっぽり包む服を着て、下は袴をはいていた。

女の人は、肩から領巾とよばれるショールをはおり、下はスカートのようなものをはいていた。

仕事

平城宮には政治をおこなう二官八省（政治を分担しておこなう役所）があり、貴族たちはそれぞれの官省に通勤して仕事をした。おもな仕事は、税の計算や記録をつけるなどの事務的な内容が多かった。書類をあつかうので、漢字を読み書きできることと、文字がきれいなことが大切だった。

また、各地に派遣されて、それぞれの国をおさめる国司（▼4ページ）の仕事につく場合もあった。国司はその国の支配者として多くの税をもらうことができた。そのため、都で出世できない身分や家柄の貴族にとっては夢の職業だった。

飢えや寒さに苦しんだ 庶民

農民の多くは貧しいくらしをし、飢えや寒さに苦しむこともあった。『万葉集』にも「貧窮問答歌」といって農民の苦しみを詠んだ山上憶良▼37ページの歌がある。都では、掘立柱建物という家に住んでいたが、地方では、縄文時代と同じような竪穴住居がほとんどだった。

なぜ農民たちが貧しかったかというと、一つは税が重たかったから。収穫できた稲を国におさめるほか、朝廷の労力として働きに出たり、地方では特産品を都におさめたりしなくてはならなかった。男性は兵士として遠くに行かされる兵役もあり、残された家族は働き手がいなくなり困ることが多かった。

仕事

農民は税をおさめるのが仕事。そのため、日の出とともに田畑に出て、日がくれるまで働いた。不作の年にも税はあるので、自分たちが食べるのをがまんしてでもおさめなくてはならなかった。

そして、年に六十日間は、地方をおさめる国司などのもとで、荷物運びや土木作業などをさせられた。

また、男性がかりだされる兵役は、戦に巻きこまれたり、重労働で体をこわしたりして生きて帰れないこともあり、とてもつらい仕事だった。

服装

服装もそまつなものだった。身近にとれる麻などの植物を使って、女性たちが家で着物を手づくりしていた。温かな生地などは税として国におさめるため、農民たちの手にはとどかなかった。足元は、はだしにワラジをはくのがふつうだった。おしゃれをするような余裕はなかった。

用語解説

＊掘立柱建物……柱を立てて、その上に屋根をつけた家。

＊竪穴住居……地面に穴をほって、屋根をつけた家。

海外にむけた玄関口 大宰府

大宰府は、九州を管理する目的で、今の福岡県におかれた役所。また、外国からの敵に備えて、国を守る役割もはたした。

かつては大宰府の長官になることはだれもがうらやむ出世だったが、平安時代以降は、都から追放されて行く場所になってしまった。

北九州の海岸を守るのは、一般の農民たち。ほとんどは東国(関東地方や東海地方)の成人男性がかりだされた。こうした人たちを「防人」という。命がけのつらく厳しい仕事で、その苦しさや悲しみを詠んだ「防人歌」▼43ページが『万葉集』に多くある。

見てみよう 紀貫之が活躍した平安時代

紀貫之が撰者（編集者）の一人としてつくった『古今和歌集』▼44ページは今から約一一〇〇年前の九〇五年のものといわれています。その時代は、平安京（今の京都市）に都があった時代。当時の都や世の中の様子はどうだったのかを見てみましょう。

▼『人物で探る！ 日本の古典文学 清少納言と紫式部』6〜11ページ参照

平和と安全を願ってつくられた平安京

桓武天皇が平安京に都を移した七九四年から一一八五年までの約三九〇年間が平安時代。桓武天皇は、世の中の平和と安全を祈って、その都を「平安京」といった。

平安京の形は平城京に似ている。平らに開けた盆地で、北、東、西の三方が山に囲まれていた。北側中央に天皇の住まいである大内裏があり、そこから南に向かって大通りの朱雀大路が伸びていた。そして、都を東西に走る道と南北に走る道が碁盤の目のように規則正しく並んでいた。

朱雀大路をはさんで左右に町があり、それぞれ右京、左京とよばれた。ここに貴族や役人、兵士、庶民などが住んでいた。平安京の人口は十五万〜二十万人くらいと考えられている。当時の日本では最大の町だった。

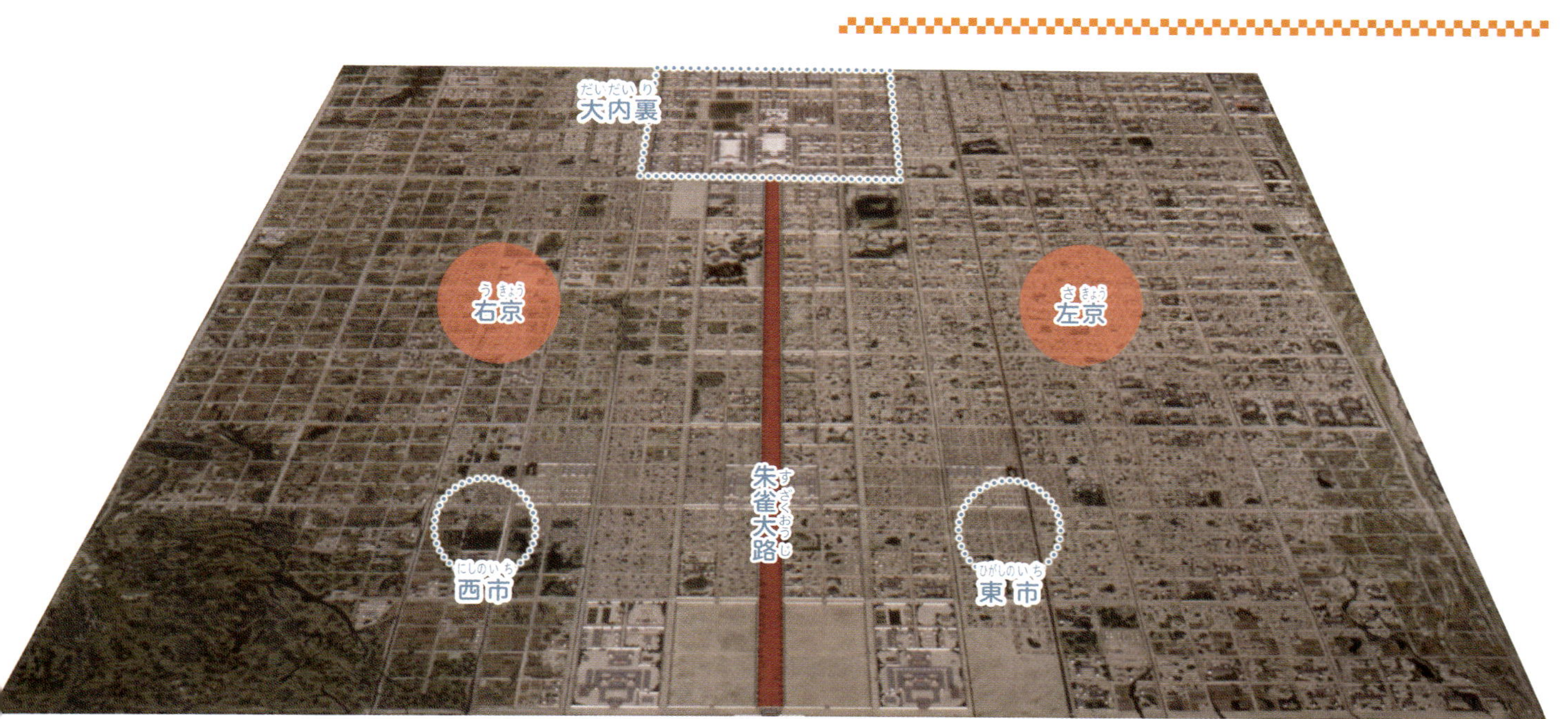

所蔵先：京都市歴史資料館

平安京の復元模型。大内裏に続く朱雀大路は幅約84メートルあった。朱雀大路をはさんで右京、左京に分かれ、それぞれに西市と東市という市場があり、にぎわっていた。

平安時代の貴族の仕事

貴族たちは役所でどんな仕事をしていたのだろう。実は、貴族といってもその位は高いものから低いものまで、何段階にも分かれていた。そして、それぞれ仕事の内容や役割がちがった。

貴族の仕事は大きく二つ

貴族の仕事は、大きく「政治」と「年中行事」の二つ。政治は、書類の整理やだれをどの役職にするかの決定など、天皇をさまざまな形で助ける仕事。位の高い貴族になると「殿上人（上人）」とよばれ、天皇のいる部屋まであがることが許された。

年中行事は、毎年おこなわれるさまざまな儀式のこと。今でも正月やひな祭りがあるが、そういった行事が平安時代には二七〇ほどもあった。年中行事に参加したり、儀式をとりしきったりするのが、貴族にとっては大切な仕事だった。

当時の車は牛が引く牛車。貴族の通勤にも使われた。

地方でくらす国司

貴族は都にいて、天皇の近くで働くだけではない。そのころ、朝廷は日本を約七〇の国に分けて支配していた。各地に派遣されて、その国を支配する国司（▼4ページ）という役職もあった。国は今でいう県にあたり、国司は県知事のような仕事をした。

身分や家柄があまり高くなく、都での出世がむずかしい貴族にとっては、国司になるのが一番のあこがれだった。国司に任命してもらうために、決定権をもつ大臣に手紙や贈り物をする者もいたという。

紀貫之や菅原道真（▼53ページ）も天皇から国司を命じられ、地方に赴任したことがある。

作品名：因幡堂薬師縁起　所蔵先：東京国立博物館　Image: TNM Image Archives
平安時代、地方へ向かう国司がえがかれている。

平安時代にさかえた国風文化

平安時代の中ごろから終わりにかけてさかえた、はなやかな貴族の文化を「国風文化」といいます。仮名文字が使われるようになるなど、日本独自の文化がたくさん生まれました。

▼『人物で探る！ 日本の古典文学 清少納言と紫式部』12〜13ページ参照

国風文化

貴族中心のはなやかな文化

平安時代の初めごろは奈良時代と同じように中国の唐の文化がさかんだった。しかし、八九四年に唐に使者を送る遣唐使が廃止になったことで、中国からの影響が少なくなり、しだいに日本人の生活や考え方に根ざした文化が育っていった。これを国風文化という。当時の文化の中心は貴族だったため、国風文化は貴族の文化といえる。

特に大きく発展したのが文学。漢字をもとにして仮名文字（ひらがなとカタカナ）が誕生した。また、紙も使用された。これによって、多くの人が文章を書けるようになった。この時期に書かれた紫式部の『源氏物語』や清少納言の『枕草子』などは、現代でも読まれている。美術では大和絵とよばれる絵画が生まれ、「源氏物語絵巻」など優れた絵巻物がつくられた。

貴族たちは美しい庭園のある寝殿造という家に住み、服装も手のこんだものになった。

作品名：源氏物語絵合 胡蝶図屏風　所蔵先：東京国立博物館　Image: TNM Image Archives
女性は長い髪をたらし、十二単といわれる美しい着物を着た。

中国からきた漢字と日本で発明された仮名

もともと日本人は中国から伝わった漢字を使って、漢文(中国語)で文章を書いていた。そのため、役所づとめをする貴族は、漢詩や漢文を使いこなせることが条件だった。

それに対して、八〇〇年代の終わりに誕生したのが、ひらがなとカタカナ。ひらがなは漢字をくずした文字。カタカナは漢字の一部をとった文字。仮名は日本語の発音、一音一音を書きあらわすことができる「表音文字」である。そのため、日本語で文章を書けるようになった。

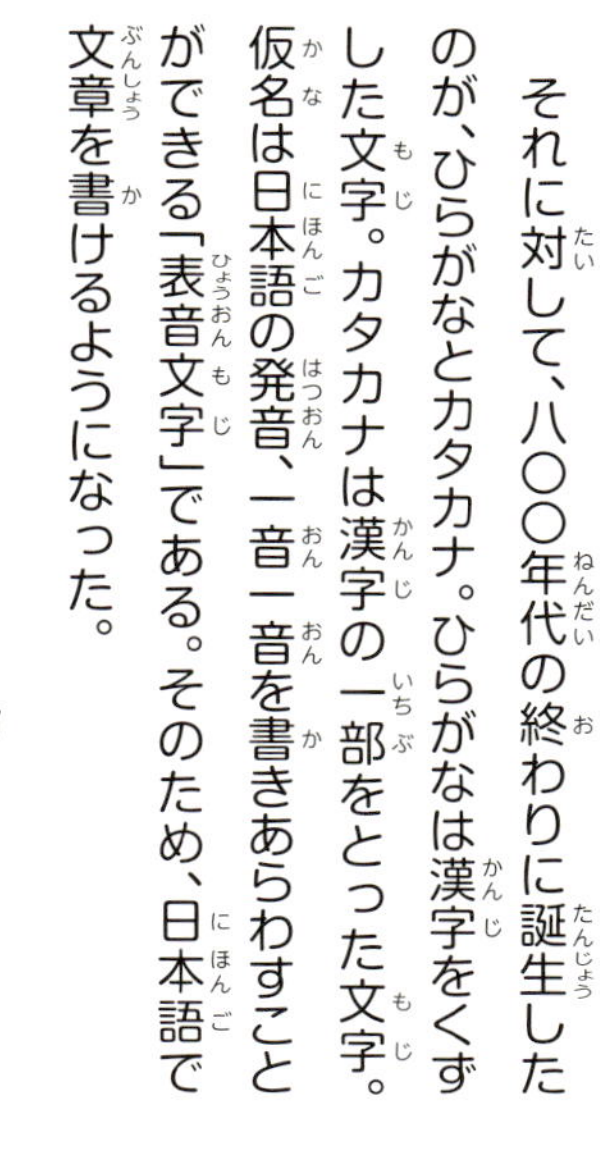

役人はみんな漢字で書類に記録をつけていたんだ。漢字は「正式な文字」という意味で真名とよばれていたよ。

【仮名文字ができるまで】

カタカナ	←	漢字	ひらがな	←	漢字
ア	阝	阿	あ	あ	安
イ	亻	伊	い	い	以
ウ	宀	宇	う	う	宇
エ	工	江	え	え	衣
オ	方	於	お	お	於

特に女性の間で仮名が広がり、女流文学が花開いたの。

漢詩と和歌

漢詩は、中国語で書かれた詩。李白や杜甫、白居易(白楽天)などが中国の詩人として有名。日本の貴族も有名な漢詩を暗記していることや、自分で漢詩をつくれることが教養の一つとされ、出世にも影響した。そのため、多くの男性が漢詩や漢文を学んだ。

これに対して、和歌は女性や一般の人たちも多く詠んでいた。

日本でもっとも古い漢詩集は七五一年ごろにつくられた『懐風藻』(▼53ページ)。大友皇子や大津皇子、長屋王などの作品がおさめられているんだ。

さまざまな文学の誕生と移りかわり

古代中国から伝わった漢字から、日本の独自の仮名文字が誕生し、文学もさまざまなジャンルが生まれました。どのような文学が生まれ、その後どんな文学へとつながっていくのか見てみましょう。

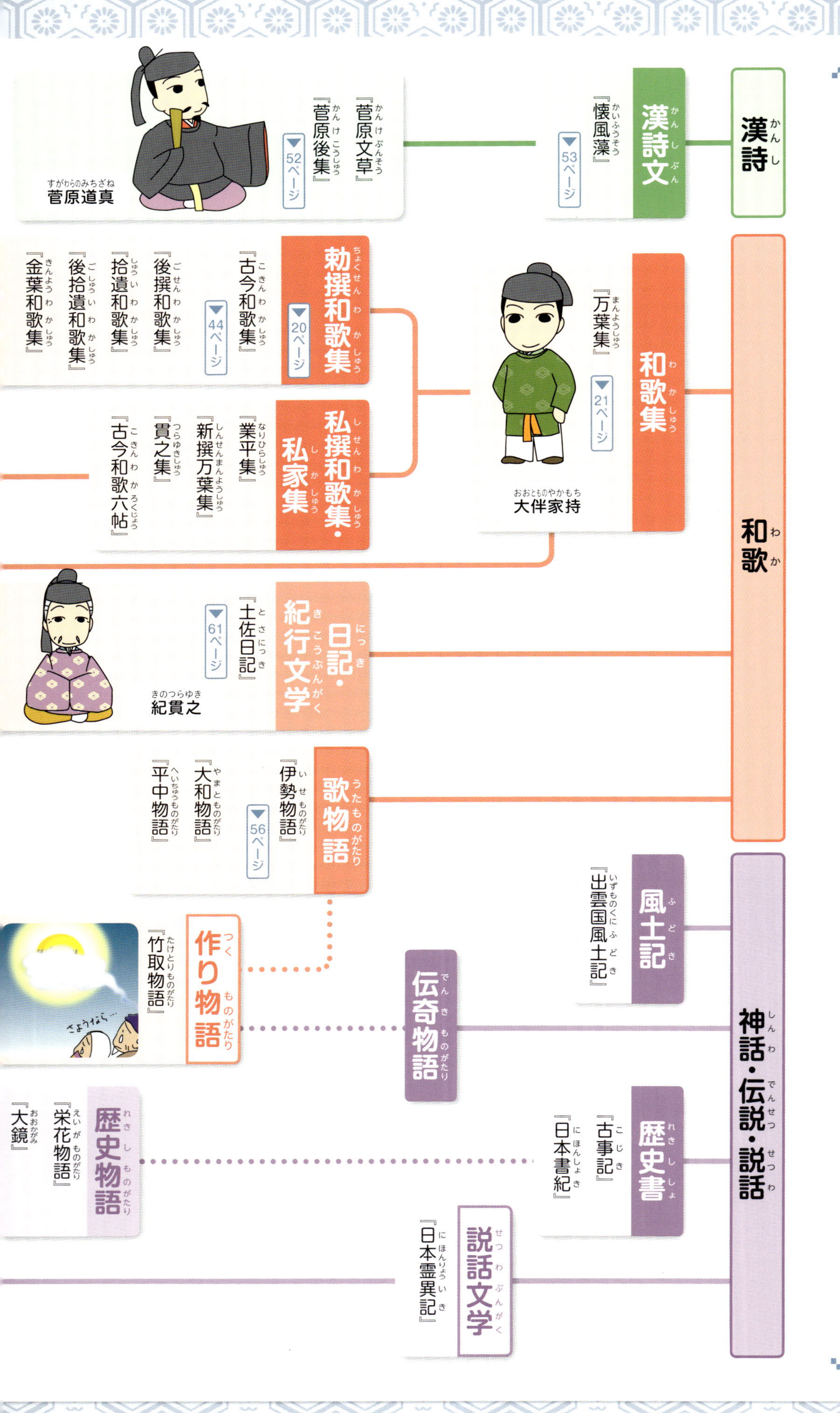

中世・近世

『詞花和歌集』
『千載和歌集』

『新古今和歌集』
『新勅撰和歌集』
『続古今和歌集』
『新後撰和歌集』
『続千載和歌集』
『風雅和歌集』
『新拾遺和歌集』
『新続古今和歌集』
▼48ページ
『続後撰和歌集』
『続拾遺和歌集』
『玉葉和歌集』
『続後拾遺和歌集』
『新千載和歌集』
『新後拾遺和歌集』

『紫式部集』
『清少納言集』
『和泉式部集』
『玄々集』

連歌

俳諧・俳文
(貞門)
(談林)
(蕉風)
『おらが春』

『奥の細道』

『蜻蛉日記』
▼72ページ
藤原道綱母
『和泉式部日記』
『紫式部日記』
『更級日記』

随筆文学
『枕草子』
清少納言

『方丈記』
『徒然草』

『宇津保物語』
『落窪物語』
『源氏物語』
紫式部
『夜半の寝覚』
『狭衣物語』
『堤中納言物語』

擬古物語
『住吉物語』

御伽草子

仮名草子

軍記物語
『平家物語』
『太平記』

仏教説話

説話集
『今昔物語集』

世俗説話
『宇治拾遺物語』
『古今著聞集』

大伴家持と紀貫之 & おもなできごとと文学作品年表

二人が生きた時代にはどんなできごとがあったのでしょう。歴史的なできごとやその時代に書かれた文学作品などを年表で見てみましょう。

【大伴家持】

年	おもなできごとと文学作品	大伴家持
七〇〇年	このころ山上憶良が「貧窮問答歌」を詠む ▼11・37ページ	
七一〇年	都が奈良の平城京に移る	
七一二年	このころ『古事記』がつくられる	
七一三年	このころ『風土記』がつくられる	
七一六年	阿倍仲麻呂 ▼9ページ が遣唐使として唐へ	
七一八年		1歳 このころ誕生
七二〇年	このころ『日本書紀』がつくられる	
七二四年	聖武天皇が即位する	
七二八年		11歳 大伴旅人 ▼41ページ が大宰府へ、家持もついて行く
七二九年	長屋王事件が起こる ▼7ページ	12歳 大伴坂上郎女 ▼39ページ が大宰府へ
七三一年		14歳 大伴旅人が亡くなる
七三五年	吉備真備らが唐から帰国	
七四一年	各地に国分寺・国分尼寺ができる	
七四五年	東大寺の大仏がつくられ	

【紀貫之】

年	おもなできごとと文学作品	紀貫之
七九四年	都が京都の平安京に移る	
八三八年	最後の遣唐使が唐へ	
八六六年	応天門の変が起こる	
八六八年		1歳 このころ誕生
八九四年	遣唐使がとりやめになる	
九〇〇年	このころ『竹取物語』『伊勢物語』▼56ページ『菅原文草』▼52ページがつくられる	
九〇一年	菅原道真が大宰府に流される	
九〇三年	このころ『菅家後集』▼52ページがつくられる	
九〇五年	このころ『古今和歌集』▼44ページがつくられる	38歳 『古今和歌集』を完成させる 御書所預となる
九〇六年		39歳 越前権少掾となる
九〇七年		40歳 内膳典膳となる
九一〇年		43歳 少内記となる
九一八年		51歳 美濃介になり

- 七四六年（29歳）　宮内少輔となる　越中守になり、越中（今の富山県）へ
- 七五一年（34歳）　少納言となる
  - このころ『懐風藻』がつくられる ▼53ページ
- 七五二年　東大寺で大仏開眼供養会がおこなわれる ▼8ページ
- 七五四年（37歳）　兵部少輔となる
- 七五五年（38歳）　防人歌を多数記録する
- 七五六年　東大寺正倉院ができる
- 七五七年（40歳）　兵部大輔となる
- 七五八年（41歳）　因幡守になり、因幡（今の鳥取県）へ
- 七五九年　唐招提寺ができる
- 七六二年（45歳）　信部大輔となる
- 七六四年（47歳）　薩摩守となり、薩摩（今の鹿児島県）へ
- 七六七年（50歳）　大宰少弐となる
- 七七〇年（53歳）　民部少輔となり、京へ戻る　左中弁兼中務大輔となる
  - このころ『万葉集』が完成する ▼21ページ
- 七七一～七八二年　左中弁兼式員外大輔・相模守・左京大夫兼上総守・衛門督・伊勢守・参議兼右大弁・右京大夫兼春宮大夫・陸奥按察使鎮守将軍などをつとめる
- 七八三年（66歳）　従三位中納言となる
- 七八四年（67歳）　持節征東将軍となる
  - 都が京都の長岡京に移る
- 七八五年（68歳）　陸奥（今の福島県、岩手県、青森県）で亡くなる

- 九二三年（56歳）　大監物となる
- 九二八年（61歳）　右京亮となる
- 九三〇年（63歳）　土佐守になり　土佐（今の高知県）へ
- 九三四年（67歳）　十二月二十一日に　土佐の国府を出発
- 九三五年（68歳）　二月十六日に京へ帰り着く　『土佐日記』を書く ▼62ページ
- 九四〇年（73歳）　玄蕃頭となる
- 九四五年（78歳）　木工権頭となる
- 九四六年（79歳）　このころ京で亡くなる
- 九五一年　このころ『後撰和歌集』『大和物語』がつくられる ▼57ページ
- 九六〇年　このころ『平中物語』がつくられる ▼57ページ
- 九七四年　このころ『蜻蛉日記』がつくられる ▼72ページ
- 一〇〇一年　このころ『枕草子』がほぼ完成する
- 一〇〇七～一〇〇八年　このころ『拾遺和歌集』『源氏物語』がつくられる
- 一〇一六年　藤原道長が摂政になる
- 一〇二八年　藤原道長が亡くなる
- 一〇八六～一一八八年　『後拾遺和歌集』『金葉和歌集』『詞花和歌集』『千載和歌集』がつくられる
- 一二〇五年　このころ『新古今和歌集』がつくられる ▼48ページ

コラム 1

国家プロジェクト！「勅撰和歌集」

勅撰和歌集とは、天皇や上皇（太上天皇、院）からの命令でつくられた和歌集です。いろいろな天皇や上皇によりいくつもの勅撰和歌集がつくられました。

勅撰和歌集にはどんなものがあるの？

平安時代から鎌倉時代までの、約五〇〇年間で二十一の勅撰和歌集がつくられた。これらをまとめて「二十一代集」という。

最初の『古今和歌集』▼44ページから三番目の『拾遺和歌集』までを「三代集」、八番目の『新古今和歌集』▼48ページまでを「八代集」、九番目の『新勅撰和歌集』から二十一番目の『新続古今和歌集』までを「十三代集」という。

二十一代集

区分	歌集名	成立	歌数	つくらせた人	和歌を選んだ人（撰者）	おもな歌人
八代集・三代集	古今和歌集	九〇五年	一一一一	醍醐天皇	紀貫之、紀友則、壬生忠岑など	紀貫之、凡河内躬恒、六歌仙など
八代集・三代集	後撰和歌集	九五一年	一四二五	村上天皇	清原元輔、源順、坂上望城、紀時文、大中臣能宣	紀貫之、伊勢、藤原兼輔など
八代集・三代集	拾遺和歌集	一〇〇七年？	一三五一	花山院	花山院（藤原公任とも）	柿本人麻呂、大中臣能宣、清原元輔など
八代集	後拾遺和歌集	一〇八六年	一二一八	白河天皇	藤原通俊	和泉式部、相模、赤染衛門など
八代集	金葉和歌集	一一二七年	六五〇	白河院	源俊頼	源俊頼、源経信、藤原公実など
八代集	詞花和歌集	一一五一年	四一五	崇徳院	藤原顕輔	曽禰好忠、和泉式部、大江匡房など
八代集	千載和歌集	一一八八年	一二八八	後白河院	藤原俊成	源俊頼、藤原俊成、藤原基俊など
八代集	新古今和歌集	一二〇五年	一九七八	後鳥羽院	藤原定家、源通具、藤原有家、藤原家隆、藤原雅経、寂蓮	西行、慈円、式子内親王など
十三代集	新勅撰和歌集	一二三五年	一三七四	後堀河天皇	藤原定家	藤原家隆、藤原俊成、源実朝など
十三代集	続後撰和歌集	一二五一年	一三七一	後嵯峨院	藤原為家	藤原定家、西園寺実氏、後鳥羽院など
十三代集	続古今和歌集	一二六五年	一九一五	後嵯峨院	藤原為家、藤原基家、藤原光俊など	宗尊親王、西園寺実氏、藤原定家など
十三代集	続拾遺和歌集	一二七八年	一四五九	亀山院	二条為氏	藤原為家、後嵯峨院、藤原定家など
十三代集	新後撰和歌集	一三〇三年	一六〇七	後宇多院	二条為世	藤原定家、藤原為家、二条為氏など
十三代集	玉葉和歌集	一三一二年	二八〇〇	伏見院	京極為兼	伏見院、藤原定家、西園寺実兼など
十三代集	続千載和歌集	一三二〇年	二一四三	後宇多院	二条為世	後宇多院、西園寺実兼、二条為氏など
十三代集	続後拾遺和歌集	一三二六年	一三五三	後醍醐院	二条為藤、二条為定	二条為氏、藤原為家、藤原定家など
十三代集	風雅和歌集	一三四九年	二二一一	花園院	光厳院	伏見院、永福門院、花園院など
十三代集	新千載和歌集	一三五九年	二三六五	後光厳院	二条為定	二条為定、伏見院、後宇多院など
十三代集	新拾遺和歌集	一三六四年	一九二〇	後光厳院	二条為明、頓阿	二条為藤、藤原定家、藤原為家など
十三代集	新後拾遺和歌集	一三八四年	一五五四	後円融院	二条為遠、二条為重	二条良基、二条為定、後円融院など
十三代集	新続古今和歌集	一四三九年	二一四四	後花園院	飛鳥井雅世	飛鳥井雅縁、後小松院、藤原俊成など

用語解説 ＊上皇（太上天皇、院）……次の天皇に譲位したあと、または出家後のよび方。○○院とよぶ。

万葉集の世界へ

柿本朝臣人麻呂、石見国より妻を別れて上り来る時の歌二首　并せて短歌

石見の海　角の浦廻を　浦なしと
人こそ見らめ　潟なしと　人こそ見らめ
よしゑやし　浦はなくとも　よしゑやし
潟はなくとも　いさなとり
海辺をさして　にきたづの
荒磯の上に　か青く生ふる　玉藻沖つ藻
朝はふる　風こそ寄せめ　夕はふる
波こそ来寄れ　波のむた　か寄りかく寄る
玉藻なす　寄り寝し妹を　露霜の

(c)朝日新聞社/amanaimages

実際の『万葉集』を見てみよう

これは『万葉集』巻二におさめられている柿本人麻呂の歌。長歌のあとに、反歌が二首詠まれている。この歌は、「愛する妻と離れての京への旅は、うしろ髪を引かれるようでさびしい。何度ふり返ってみても、こんなに遠くまで来てしまっては里も見えない。せめて山が低くなってくれればよいのに。山に登って私が手をふる姿を、妻は見てくれただろうか」と、妻を思う気持ちを詠んでいる。

歌のはじまりでは、妻のいる角の浦のすばらしさを詠んでいるんだよ。
柿本人麻呂

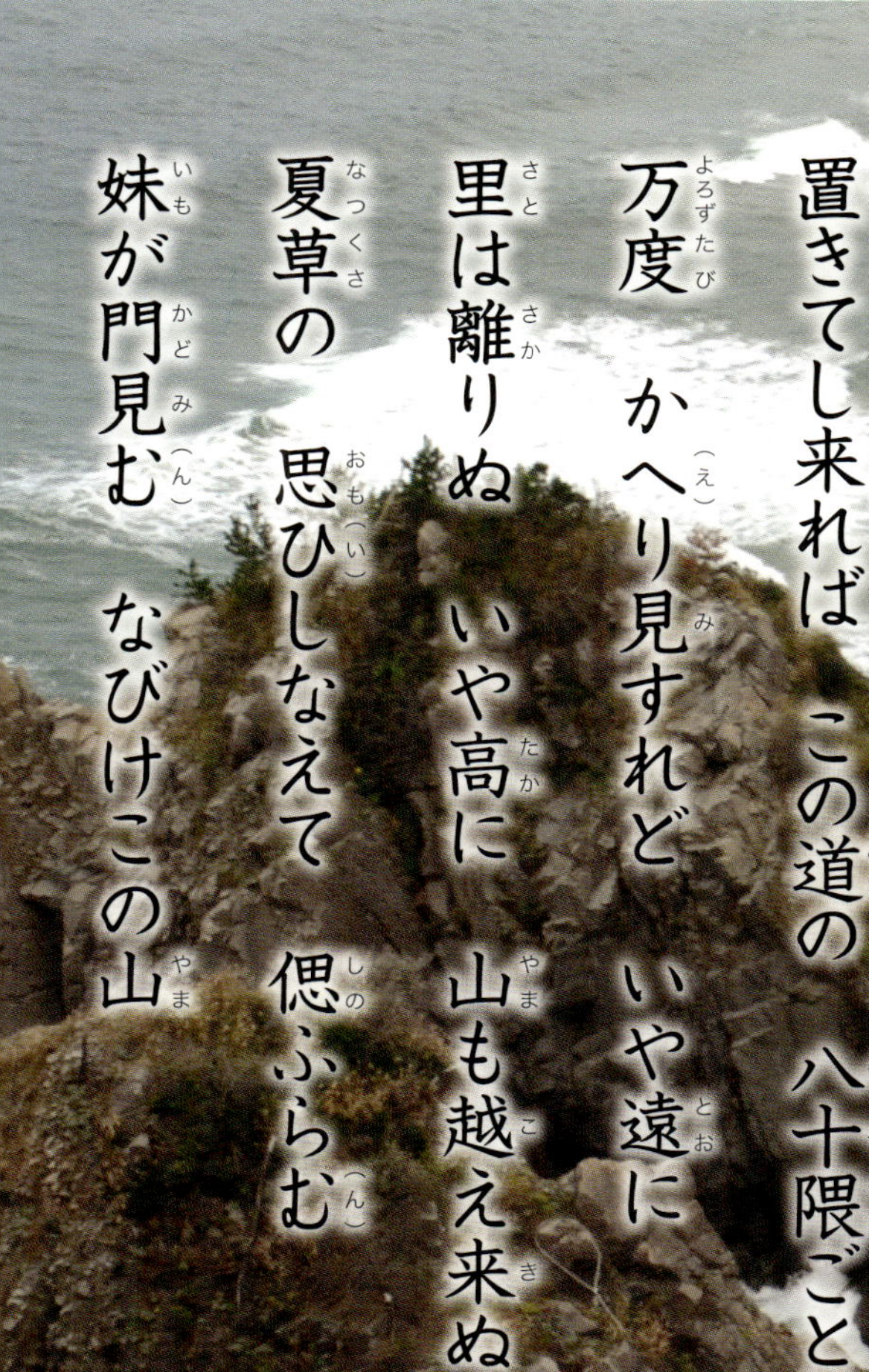

置きて来れば　この道の　八十隈ごとに
万度　かへり見すれど　いや遠に
里は離りぬ　いや高に　山も越え来ぬ
夏草の　思ひしなえて　偲ふらむ
妹が門見む　なびけこの山

反歌二首

石見のや　高角山の　木の間より
我が振る袖を　妹見つらむか

笹の葉は　み山もさやに　さやげども
我は妹思ふ　別れ来ぬれば

詞書
だれが、いつ、どこで、何のために詠んだ歌かを説明する、前置きの言葉。

長歌
「五・七」の言葉を複数回くり返し、最後を「五・七・七」でしめくくる歌。

反歌
長歌のあとにそえられる短歌。長歌の内容をわかりやすくするために一、二首詠まれる。

作者名

作品名：桂本万葉集　所蔵先：宮内庁

平安時代に書写された『桂本万葉集』。もっとも古い写本で、残っているのは巻四の一部のみ。

『万葉集』は、万葉仮名（▼9ページ）で書かれているんだ。そして、歌が詠まれた場面や理由、関連する和歌がセットで書かれているんだよ。

大伴家持

『万葉集』ってどんなもの？

一三〇〇年以上前につくられた『万葉集』。一番古い歌は、古墳時代のものといわれていますが、本当にその当時のものだったのか、また、だれが何のためにつくらせたのか、わかっていません。

だれが詠んだ和歌がのっているのか？

全二十巻、四五一六首のうち、作者がわかっている歌もあれば、そうでない歌もある。わかっている人では、大伴家持、柿本人麻呂、山上憶良、大伴坂上郎女、額田王などがいる。しかし、約四〇〇年にわたる和歌を全国から集めたため、大半は作者名が不明だ。

和歌が詠まれたのはいつ？

『万葉集』は、古くから伝わる歌をのぞいて、およそ六二九年から七五九年までの一三〇年間に詠まれた歌を集めている。それぞれの歌の年代によって、四つの時期に分けることができる。

629〜672年 第一期　万葉時代のはじまり

舒明天皇の即位から壬申の乱まで。宮廷の行事やできごとにかかわる歌が多い。昔から伝わってきた歌から個性的で形の決まった歌へと移りかわりはじめた時期。

673〜710年 第二期　万葉調の完成

天武・持統天皇の時代を経て、平城京に都を移すまで。長歌や短歌の形が決まり、枕詞や序詞が使われる ▶26ページ ようになった時期。

711〜733年 第三期　万葉調の盛り上がり

個性的な歌が生みだされていったころ。歌人一人ひとりの個性が歌に反映され、歌が多様化した時期。

734〜759年 第四期　万葉調の最後

『万葉集』の編集をした大伴家持をはじめ、笠郎女や大伴坂上郎女などが活躍したころ。東人や防人など地方の庶民が詠んだ歌もある。歌は個性的で、複雑になっていく。長歌がだんだんへり、短歌が主流となる時期。

舒明天皇　額田王　山上憶良　柿本人麻呂　大伴旅人　大伴坂上郎女　山部赤人　大伴家持

作者ランキング

半分近くは作者が不明。天皇や貴族から民衆まで、さまざまな身分の人から歌を集めたため、作者名が残っていない歌が多くある。

順位	作者	歌数
第一位	作者不明	約2000首
第二位	大伴家持 ▶40ページ	479首
第三位	柿本人麻呂 ▶36ページ	88首

番外編

女性の第一位　大伴坂上郎女　84首 ▶39ページ

和歌ってどんなもの？

和歌がいつごろからつくられるようになったのかは、はっきりしません。しかし今から一三〇〇年前につくられたと考えられている日本最古の歴史書『古事記』には、すでに和歌がのっています。『万葉集』にのっている和歌と現代の和歌は、同じ形のものもあれば、少しちがうものもあります。つまり、和歌は日本のはじまりから現在まで続く、日本の文化といえるのです。

和歌の形は決まっていた？

『万葉集』の時代の和歌は、「五七調」が中心で、「五・七・五・七・七」の三十一文字でつくられる短歌や、それより長い「長歌」、「旋頭歌」などいろいろな形があった。

短歌

約四二〇〇首

「五・七・五・七・七」の和歌。『万葉集』の中でも一番多い。現代では、長歌や旋頭歌などはあまり詠まれないため、和歌というと短歌をさすようになった。

長歌

約二六〇首

「五・七」をくり返して、最後を「五・七・七」とする和歌。『古今和歌集』▼44ページにはわずか五首しかない。

旋頭歌

約六〇首

「五・七・七」を二回くり返す和歌。一回目の五・七・七と二回目の五・七・七で詠む人がちがうことが多い。『古今和歌集』にはわずか四首しかない。

こんな歌も

仏足石歌

一首

「弥彦　神の麓に…」の歌。▼30ページ

奈良県の薬師寺の仏足跡歌碑に記されている「五・七・五・七・七・七」の和歌。仏足跡はお釈迦様の足跡のことで、これを拝むとご利益があるとされた。

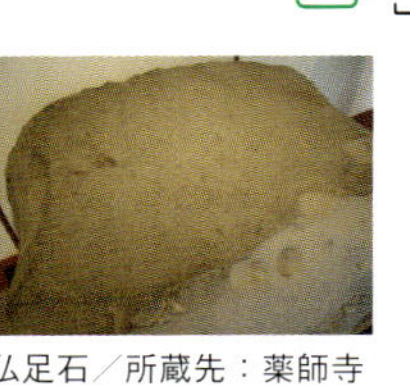

仏足石／所蔵先：薬師寺

仏様の足跡を刻みつけた石があり、そのそばに歌碑が立っている。

和歌に使われた技法

『万葉集』の歌の表現技法（修辞）には「枕詞」や「序詞」がよく使われた。また、歌の終わりが「〇〇〇〇を」などとなる「助詞止め」や、ものの名前など名詞となる「体言止め」▼49ページも使われた。

枕詞

五文字を基本として、ある決まった言葉の前につけるもの。あとにくる言葉のイメージを強めるために使われ、現代語に訳すときには訳されないことが多い。

序詞

二句以上または七音以上の語句で、枕詞と同じようにあとにくる言葉のイメージを強めるが、あとにくる言葉は決まっておらず、現代語に訳される。

あしひきの　山鳥の尾の　しだり尾の
ながながし夜を　ひとりかも寝む
（柿本人麻呂）

「あしひきの」は「山」にかかる枕詞。ほかにも「あをによし」は「奈良」にかかる枕詞などがある。

「あしひきの　山鳥の尾の　しだり尾の」は「ながながし」にかかる序詞

どんなときにどんな和歌を？

和歌は、お酒や食事を楽しむ宴でよく詠まれた。七夕の宴や天皇がでかけた先での宴、収穫を祝う宴など、いろいろな行事で宴はもよおされた。また、そのほか恋人どうしのやりとりなど、さまざまな場面で歌を詠んだ。『万葉集』におさめられている和歌は、現実の生活の感動を素直に表現し、素朴で力強い歌が多いので「ますらをぶり」といわれる。約四五〇〇首ある歌は、内容や形によって十三のグループに分けられる。こうした和歌のグループのことを「部立」という。

三大部立

雑歌　儀式や天皇の行幸など政治や宮廷に関する歌が多い。

相聞　恋人や親子などが互いに愛情をかわす歌。恋の歌が多い。

挽歌　亡くなった人のたましいをなぐさめるために詠まれた歌。

和歌のグループ（部立）

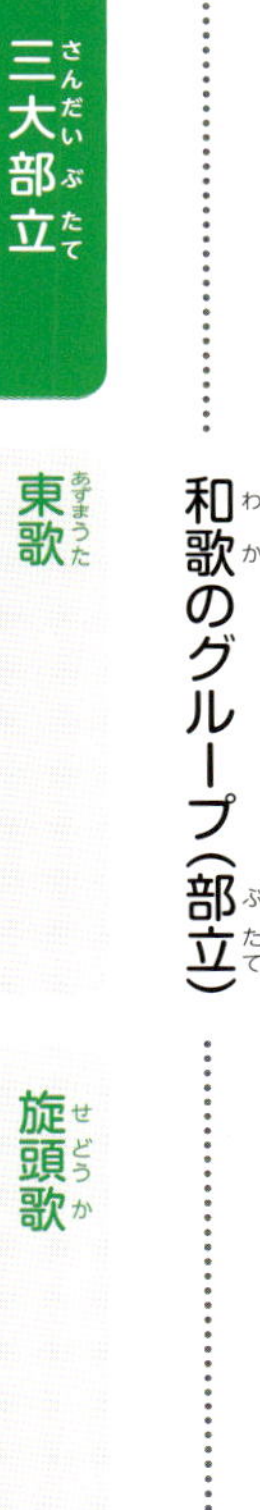

東歌　東国（関東地方や東海地方）の農民たちによって詠まれた歌。

防人歌　北九州にかりだされた防人やその家族の歌。

寄物陳思　物に思いをたくして、遠まわしに自分の思いを詠む歌。

羇旅発思　旅での思いを詠んだ歌。

正述心緒　自分の思いをまっすぐに表現した歌。

旋頭歌　五・七・七をくり返す歌。

悲別歌　別れの悲しみを詠んだ歌。

譬喩歌　思いを何かにたとえて詠んだ歌。

問答歌　相手に投げかける問歌と、それに応える答歌がペアになった歌。

有由縁并雑歌　歌の成り立ちに何か由来やいわれがある歌。

書くときの道具は？

当時の文房具は、筆、墨、硯など。紙も使われたが、貴重なため重要なことを書くときにしか使われなかった。紙のかわりに使われたのは木簡。木の板をたばねて、これに文字を書いた。

木簡　文字の書かれた表面を刀子でけずり、また書いて再利用した。

水差

墨

文書箱　木簡を入れて保管する箱。長さは約30センチ。

机

筆

刀子　木簡をけずる道具。

所蔵先：奈良文化財研究所

用語解説　＊修辞……言葉を美しく使って効果的に表現すること。　＊ますらを……勇ましい男子。

それぞれの巻の内容や特徴

『万葉集』は全部で二十巻。それぞれの巻によって特徴があります。それらを一覧で見てみましょう。どんな部立（▼27ページ）の歌がどの巻におさめられているかや、歌の内容の移りかわりがわかってきます。

	巻一	巻二	巻三	巻四
歌番号	1～84	85～234	235～483	484～792
歌の部立	雑歌	相聞 挽歌	雑歌 譬喩歌 挽歌	相聞
特徴	おもに第一期から第二期までの歌を、天皇ごとに並べている。儀式や行幸などの歌が多くある。	おもに第一期から第二期までの歌を、天皇ごとに並べている。巻一と巻二で一つの歌集のようなつくり。	部立ごとに、年代別に並べている。	第一期から第四期までの歌。大伴家持と女性たちが贈りあった歌はほとんどがこの巻。

	巻十一	巻十二	巻十三	巻十四
歌番号	2351～2840	2841～3220	3221～3347	3348～3577
歌の部立	旋頭歌・正述心緒・寄物陳思・問答歌・羇旅発思・悲別歌	正述心緒・寄物陳思・問答歌・羇旅発思・悲別歌	雑歌・相聞・問答歌・譬喩歌・挽歌	東歌・相聞・譬喩歌・雑歌・防人歌・挽歌
特徴	「古今相聞往来歌類之上・下」と目録にある二巻。作者や年代は不明。		長歌を集めている（単独の短歌はない）。作者や年代は不明。	東国の民謡「東歌」を集めている。国名がわかるものは国別にまとめている。作者や年代は不明。

巻	歌番号	部立	内容
巻五	793〜906	雑歌	第三期終わりから第四期初めまでの歌を、年代順に並べている。大伴旅人や山上憶良など、大宰府の歌人の歌が多くある。
巻六	907〜1067	雑歌	第三期から第四期までの歌を、年代順に並べている。聖武天皇の行幸や宴などで詠まれた歌がある。
巻七	1068〜1417	雑歌 譬喩歌 挽歌	年代と作者が不明の歌を、巻三と同じ部立で並べている。
巻八	1418〜1663	春雑歌・相聞 夏雑歌・相聞 秋雑歌・相聞 冬雑歌・相聞	季節ごとに、「雑歌」「相聞」の順で並べている。
巻九	1664〜1811	雑歌 相聞 挽歌	『柿本人麻呂歌集』など個人の歌集から歌を紹介。
巻十	1812〜2350	春雑歌・相聞 夏雑歌・相聞 秋雑歌・相聞 冬雑歌・相聞	作者が不明の歌を、巻八と同じ並べ方にしている。
巻十五	3578〜3785	なし	遣新羅使（朝鮮半島にあった新羅国への使者）の歌と、罪人として島流しにされた中臣宅守と狭野茅上娘子夫婦の贈答歌。
巻十六	3786〜3889	有由縁并雑歌	伝説について詠んだ歌や民謡など。
巻十七	3890〜4031	なし	第四期の歌を、年代順に並べている。大伴家持の歌と、彼に関連する歌が多くある。一部「防人歌」もある。
巻十八	4032〜4138	なし	
巻十九	4139〜4292	なし	
巻二十	4293〜4516	なし	

用語解説　＊行幸……天皇が宮中を出て視察などをおこなうこと。

『万葉集』に詠まれた土地

『万葉集』は、東北から九州までの全国各地から歌を集めてつくられています。各地でどんな歌が詠まれているか、日本地図と照らしあわせてみましょう。

東山道（宮城県）
天皇の 御代栄えむと 東なる 陸奥山に 金花咲く
（大伴家持／巻十八・四〇九七）

東山道（福島県）
陸奥の 真野の草原 遠けども 面影にして 見ゆといふものを
（笠女郎／巻三・三九六）

東山道
安達太良の 嶺に伏す鹿猪の ありつつも 我は至らむ 寝処な去りそね
（東歌／巻十四・三四二八）

東山道（群馬県）
上野 伊香保の沼に 植ゑ小水葱 かく恋ひむとや 種求めけむ
（東歌／巻十四・三四一五）

北陸道（新潟県）
弥彦 神の麓に 今日らもか 鹿の伏すらむ 裘着て 角つきながら
（仏足石歌／巻十六・三八八四）

北陸道（石川県）
珠洲の海に 朝開きして 漕ぎ来れば 長浜の浦に 月照りにけり
（大伴家持／巻十七・四〇二九）

東山道（滋賀県）
近江の海 夕波千鳥 汝が鳴けば 心もしのに 古思ほゆ
（柿本人麻呂／巻三・二六六）

東山道（長野県）
信濃道は 今の墾り道 刈りばねに 足踏ましむな 沓履け我が背
（東歌／巻十四・三三九九）

宮城県　福島県　新潟県　石川県　群馬県　長野県　茨城県　埼玉県　東京都　神奈川県　静岡県　滋賀県　愛知県　三重県　奈良県

東海道
霰降り 鹿島の神を 祈りつつ 皇御軍士に 我は来にしを
（防人／巻二十・四三七〇）

東海道
筑波嶺に 雪かも降らる いなをかも かなしき児ろが 布乾さるかも
（東歌 巻十四・三三五一）

東海道
葛飾の 真間の井を見れば 立ち平し 水汲ましけむ 手児名し思ほゆ
（高橋虫麻呂／巻九・一八〇八）

東海道
鎌倉の 見越の崎の 岩くえの 君が悔ゆべき 心は持たじ
（東歌／巻十四・三三六五）

東海道
田子の浦ゆ うち出でて見れば ま白にそ 富士の高嶺に 雪は降りける
（山部赤人／巻三・三一八）

▼38ページ

東海道
うつせみの 命を惜しみ 波に濡れ 伊良虞の島の 玉藻刈り食む
（麻績王／巻一・二四）

東海道
我が背子を 大和へ遣ると さ夜ふけて 暁露に 我が立ち濡れし
（大伯皇女／巻二・一〇五）

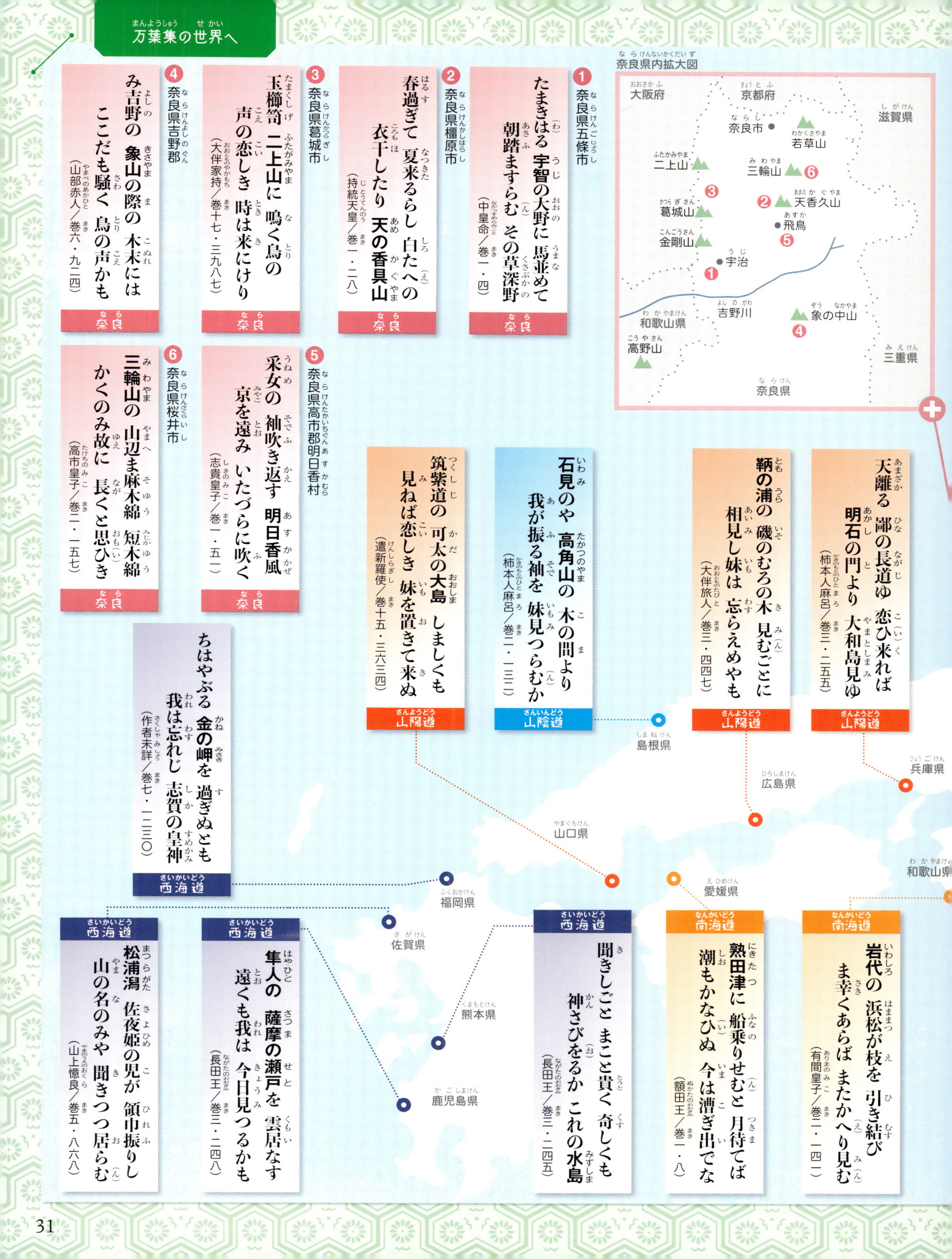

万葉集の世界へ
① 奈良県五條市
たまきはる 宇智の大野に 馬並めて 朝踏ますらむ その草深野
（中皇命／巻一・四）
奈良
② 奈良県橿原市
春過ぎて 夏来るらし 白たへの 衣干したり 天の香具山
（持統天皇／巻一・二八）
奈良
③ 奈良県葛城市
玉櫛笥 二上山に 鳴く鳥の 声の恋しき 時は来にけり
（大伴家持／巻十七・三九八七）
奈良
④ 奈良県吉野郡
み吉野の 象山の際の 木末には ここだも騒く 鳥の声かも
（山部赤人／巻六・九二四）
奈良
奈良県内拡大図
大阪府
京都府
滋賀県
奈良市
若草山
二上山
三輪山
天香久山
葛城山
飛鳥
金剛山
宇治
吉野川
和歌山県
象の中山
高野山
三重県
奈良県
⑤ 奈良県高市郡明日香村
采女の 袖吹き返す 明日香風 京を遠み いたづらに吹く
（志貴皇子／巻一・五一）
奈良
⑥ 奈良県桜井市
三輪山の 山辺ま麻木綿 短木綿 かくのみ故に 長くと思ひき
（高市皇子／巻二・一五七）
奈良
天離る 鄙の長道ゆ 恋ひ来れば 明石の門より 大和島見ゆ
（柿本人麻呂／巻三・二五五）
山陽道
鞆の浦の 磯のむろの木 見むごとに 相見し妹は 忘らえめやも
（大伴旅人／巻三・四四七）
山陽道
石見のや 高角山の 木の間より 我が振る袖を 妹見つらむか
（柿本人麻呂／巻二・一三二）
山陰道
筑紫道の 可太の大島 しましくも 見ねば恋しき 妹を置きて来ぬ
（遣新羅使／巻十五・三六三四）
山陽道
ちはやぶる 金の岬を 過ぎぬとも 我は忘れじ 志賀の皇神
（作者未詳／巻七・一二三〇）
西海道
島根県
兵庫県
広島県
山口県
和歌山県
愛媛県
福岡県
佐賀県
熊本県
鹿児島県
南海道
岩代の 浜松が枝を 引き結び ま幸くあらば またかへり見む
（有間皇子／巻二・一四一）
南海道
熟田津に 船乗りせむと 月待てば 潮もかなひぬ 今は漕ぎ出でな
（額田王／巻一・八）
西海道
聞きしごと まこと貴く 奇しくも 神さびをるか これの水島
（長田王／巻三・二四五）
西海道
隼人の 薩摩の瀬戸を 雲居なす 遠くも我は 今日見つるかも
（長田王／巻三・二四八）
西海道
松浦潟 佐夜姫の児が 領巾振りし 山の名のみや 聞きつつ居らむ
（山上憶良／巻五・八六八）
31

『万葉集』に詠まれた動植物

『万葉集』には季節を詠んだ歌がたくさんあります。春夏秋冬の季節をイメージさせるために、さまざまな動物や植物が詠まれました。どんな動物や植物が多く登場するか、見てみましょう。

動物ランキング

3 シカ（鹿）

鹿を詠んだ歌のほとんどは、鳴き声を詠んだもの。雄鹿が雌鹿を求めて鳴く声から、恋人を求める気持ちを表現する。

1 ホトトギス（時鳥）

初夏になると南のほうから日本にやって来て、美しい声を響かせる。ホトトギスの鳴き声は、夏の訪れを感じさせる夏の風物詩。

夏の風物詩を詠んだ歌

ほととぎす 来鳴きとよもす 卯の花の 共にや来しと 問はましものを

（石上堅魚／巻八・一四七二）

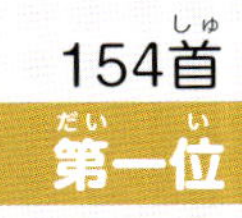

2 カリ（雁）

秋に北方から来て春に帰ることから、秋冬の代名詞。また、群れで行動するので友情や、一羽でいると孤独を意味する。

第三位	第一位	第二位
58首	154首	65首

そのほかにも……

アユ（鮎）

鮎を釣ることや、鮎の泳ぐ様子が歌に詠まれた。『万葉集』にある鮎の歌の大半は大伴旅人と家持の作品。

イヌ（犬）

大昔から人とともにくらしていた動物で、なじみが深い。縄文時代の遺跡から、人間の骨といっしょに見つかったこともある。

ウマ（馬）

馬を走らせて狩りをしたり、馬に引かせて耕作したりなど、身近な家畜だった。

ウグイス（鶯）

春先になると、「ホーホケキョ」とうたうように鳴く。漢字で「春告鳥」と書いて「ウグイス」と読ませたり、「はるつげどり」と読んだりすることもある。

タヅ（鶴）

鶴のこと。「鶴は千年、亀は万年」というように、縁起のよい動物として愛されている。

ウシ（牛）

中国から伝わり、田畑の労働力として飼われてきた。身近な動物のわりに『万葉集』の中では少ない。

植物ランキング

所蔵先：遊鶴／ピクスタ

ヒオウギの種。ヒオウギは太陽のように赤い花をつけるが、実は黒い。そのため、夜や闇を意味する。

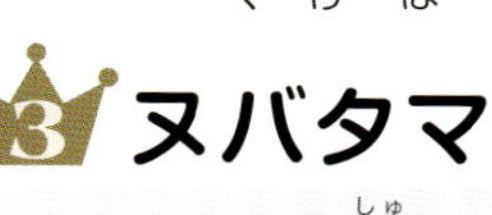

1 ハギ（萩）

141首 第一位

丸みのある葉で、赤紫や白い花が咲く。『万葉集』では一四一首も詠まれている。

秋の七草を詠んだ歌

萩の花 尾花葛花 なでしこが花 をみなへし また藤袴 朝顔が花

（山上憶良／巻八・一五三八）

※朝顔はキキョウのこと。

2 ウメ（梅）

118首 第二位

早春に香りのよい花を咲かせる。中国から七世紀後半に伝えられた花で、貴族たちが愛した。

3 ヌバタマ（射干玉）

80首 第三位

そのほかにも……

ムラサキ（紫草）

初夏から夏に白い花が咲く。根は紫色の染料や薬になる。花そのものを詠んだ季節の歌と、紫色のイメージを詠んだ歌がある。

所蔵先：山田暢司

ヤマブキ（山吹）

山や野に咲く。八重咲のヤマブキは実をつけない。ここから、『万葉集』では実らない恋のたとえに使われた。

ナデシコ（撫子）

秋の七草の一つ。ピンクや白の花が咲く。その愛らしさから、女性や子どものたとえに使われた。

モミチ（紅葉）

『万葉集』では、カエデの紅葉をさす。葉の色がかわることから、心がわりやはかなく散ることのたとえで使われた。

※奈良時代はモミヂではなく「モミチ」と発音した。

マツ（松）

針のような葉の常緑樹。枯れないことから、寿命が長いことやめでたいもののたとえとして使われる。

サクラ（桜）

歌で詠まれる桜は「ヤマザクラ」。奈良の吉野が名所。若葉が出るのと同時に花が咲く。

大伴家持の歌から市の花になったカタクリ

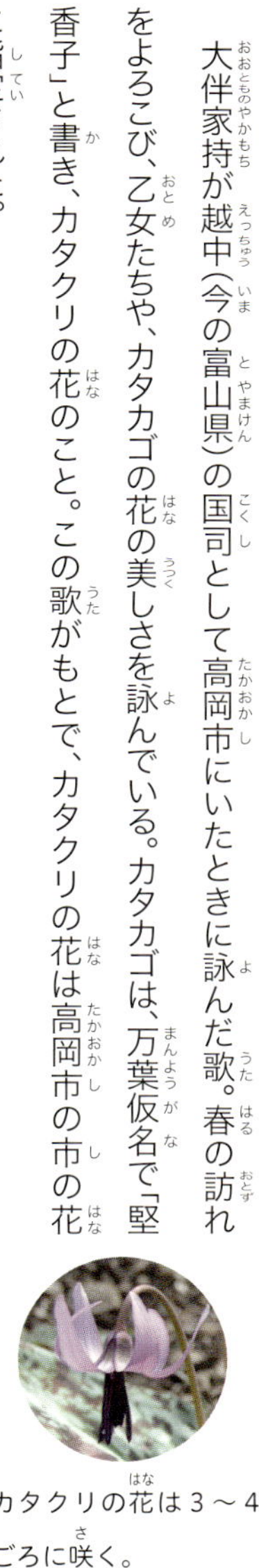

もののふの 八十娘子らが 汲みまがふ 寺井の上の 堅香子の花

（大伴家持／巻十九・四一四三）

大伴家持が越中（今の富山県）の国司として高岡市にいたときに詠んだ歌。春の訪れをよろこび、乙女たちや、カタカゴの花の美しさを詠んでいる。カタカゴは、万葉仮名で「堅香子」と書き、カタクリの花のこと。この歌がもとで、カタクリの花は高岡市の市の花に指定された。

カタクリの花は３～４月ごろに咲く。

万葉集
第一期
和歌

舒明天皇

（？～六四一年）

飛鳥時代

六二九年即位、第三十四代の天皇。第三十三代の推古天皇が死んだのち、天皇になる。都を飛鳥岡本宮（現在の奈良県高市郡明日香村）において政治をおこなったが、貴族の蘇我氏の力が強く、あまり自分の力を示せなかった。

声に出して読んでみよう

大和には　群山あれど　とりよろふ（う）
天の香具山　登り立ち
国見をすれば　国原は　煙立ち立つ
海原は　かまめ立ち立つ
うまし国そ　あきづ島　大和の国は

（雑歌／巻一・二）

万葉仮名

山常庭　村山有等　取与呂布　天乃香具山　騰立
国見乎為者　国原波　煙立竜　海原波　加万目立
多都　怜何国曾　蜻嶋　八間跡能国者

この歌の内容

大和にはたくさん山があるけれど、特にすばらしいのは天の香具山だ。ここから国を見わたすと、平野ではかまどの煙がのぼり、海辺ではカモメが飛びかっているのが見える。みごとな国だよ、この大和の国は。

この歌の場面は……

香具山は天から降ってきたという伝説があり、特別な存在だった。舒明天皇がその山の頂上に立ち、国全体を見わたしている。すると、かまどの煙があちこちから立ちのぼり、たくさんの人々がくらしている様子が見えた。カモメが飛びかう様子からは、自然が豊かで平和な様子が見てとれる。

舒明天皇は自分がおさめる国のすばらしさを歌にして詠むことで、国がこの先もさかえることを祈っている。

用語解説

＊群山……たくさんの山。　＊天の香具山……今の奈良県橿原市にある天香久山。
＊煙立ち立つ……あちらこちらに煙が立ちのぼる。「けぶり」は、中世以降に「けむり」となる。
＊かまめ……カモメのこと。
＊あきづ島……秋津島（蜻蛉洲）。古くはあきづしま。日本国のこと。大和にかかる枕詞。

マンガで読む！

万葉集　第一期　和歌

額田王

（？〜？年）

飛鳥時代

飛鳥時代を代表する歌人。和歌の才能にあふれた美しい女性だったといわれている。天皇の食事の世話をする女官（采女）として宮廷で働いていたが、大海人皇子（のちの天武天皇）の妃となり、そののちに天智天皇の妃になる。

声に出して読んでみよう

あかねさす　紫草野行き　標野行き
野守は見ずや　君が袖振る
（雑歌／巻一・二〇）

万葉仮名
茜草指　武良前野逝　標野行　野守者不レ見哉
君之袖布流

この歌の内容

紫草野、標野を進んで行って、あなたが人妻である私に袖をおふりになるのを、野守が見ているではありませんか。

用語解説
＊あかねさす……茜色の日がさしている。紫、日、昼、君にかかる枕詞。
＊紫草野……紫草がはえた野原。　＊標野……立ち入り禁止の場所。
＊野守……標野の番人。

この歌の場面は……

六六八年五月五日、近江国（今の滋賀県）の蒲生野で天皇の薬狩り（鹿の若角をとるための鹿狩りや薬草をとる行事）がおこなわれた。そこには天智天皇をはじめ、天智天皇の弟の大海人皇子、額田王、大臣たちなども同行していた。今は天智天皇の妻となっている額田王に、前の夫である大海人皇子は何度も手をふって見せる。額田王は「こんなところを野守に見られたら」とハラハラしながら、大海人皇子の気持ちがうれしくもある。そんな女心がこめられた歌。実際は、宴会中に遊びで詠まれたといわれている。

歌をもらった大海人皇子はどうしたの？

大海人皇子は堂々と「紫草のように美しいあなた。人妻になっても恋したっていますよ」と恋の歌をその場で返した。

紫草の　にほ（お）へ（え）る妹を　憎くあらば
人妻故に　我恋ひ（い）めやも

万葉集
第二期
和歌

柿本人麻呂
（?〜?年）

飛鳥時代

その生涯についてはほとんどわかっていないが、持統天皇と文武天皇の時代に宮廷で歌人として仕えていたと考えられている。さまざまな種類や形式の和歌を残していて、「歌聖」とよばれた。

声に出して読んでみよう

**東の　野にかぎろひの　立つ見えて
かへり見すれば　月傾きぬ**
（雑歌／巻一・四八）

万葉仮名
東　野炎　立所見而　反見為者　月西渡

この歌の内容

東の野に朝日がさすのが見えてふり返ると、西の空に月が傾いている。

用語解説
＊歌聖……特に優れた歌人。柿本人麻呂と山部赤人（▼38ページ）をさす。
＊かぎろひの　立つ……朝日がさす様子。
＊草壁皇子……天武天皇の息子で軽皇子の父親。
＊軽皇子……草壁皇子の息子。この歌では人麻呂といっしょに鹿狩りへ行った。

この歌の場面は……

天武天皇の皇子の一人、草壁皇子が天皇になる直前に病死した。人麻呂は草壁皇子の息子、軽皇子とともに阿騎野（今の奈良県大宇陀郡大宇陀町）に狩りにやって来た。その晩、人麻呂が野に立っていると、東の空に朝日がさしてきた。一方、西の空には月が傾いている。

人麻呂は、のぼる太陽をこれから立派になっていく軽皇子にたとえ、沈もうとしている月を草壁皇子にたとえることで、時代の移りかわりを詠んでいる。

マンガで読む！

柿本人麻呂です
歌づくりが仕事の役人で、歌のスタイルを決めたりしました
歌聖なんてよばれちゃって

父の草壁皇子を亡くしたばかりの軽皇子といっしょに狩りに行ったときつくった歌です
人麻呂
軽皇子

東の空が明るくなっているとき、ふり返ったら西の空に月がしずむところだった

これからはあなたが、あの太陽みたいに昇っていくんだ、がんばれ！
ファイト！
軽皇子

万葉集
第三期
和歌

山上憶良

（六六〇～七三三年）

奈良時代

奈良時代初期に活躍した歌人。遣唐使▼9ページとして中国に渡り、学問を学び、伯耆国（今の鳥取県）や筑前国（今の福岡県）の国司をつとめた。大宰府で大伴旅人▼41ページと交流を深めた。「貧窮問答歌」▼11ページや、子どもや家族を思う歌を残している。

声に出して読んでみよう

瓜食めば　子ども思ほゆ　栗食めば
まして偲はゆ　いづくより
来りしものそ　まなかひに
もとなかかりて　安眠しなさぬ

（雑歌／巻五・八〇二）

万葉仮名
宇利波米婆　胡藤母意母保由　久利波米婆
麻斯提斯農波由　伊豆久欲利　枳多利斯物能曾
麻奈迦比尓　母等奈可々利提　夜周伊斯奈佐農

用語解説
＊偲はゆ……思いだされる。
＊まなかひに……目の前に。
＊もとな……やたらに、とめどなく。
＊及かめやも……及ぶだろうか、いや及びはしない。

この歌の内容

瓜を食べると、子どものことが思いだされる。栗を食べると、よけいに思いだされる。いったいどんな縁があって、子どもは生まれてきたのだろう。愛しいわが子が目に浮かんで、なかなか眠れない。

この歌の場面は……

親が子を愛する気持ちを詠んだ歌。中国で仏教や儒教を学んだ憶良にとって、親と子の絆はとても大切なものだった。「親が子を愛すのは当然のことで、いつの時代もかわらない」ということを、憶良は歌をとおして伝えている。

とっても子煩悩な歌人

この歌の次にも憶良は、「子どもは金銀や玉よりもすばらしい宝だ」と詠んでいる。

銀も　金も玉も　なにせむに
優れる宝　子に及かめやも

マンガで読む！

山上憶良です

遣唐使として中国に行ったり、国司として国内のあちこちに行きました

単身赴任中、家に残した子どもたちを思って歌をつくりました

おとうさ～ん

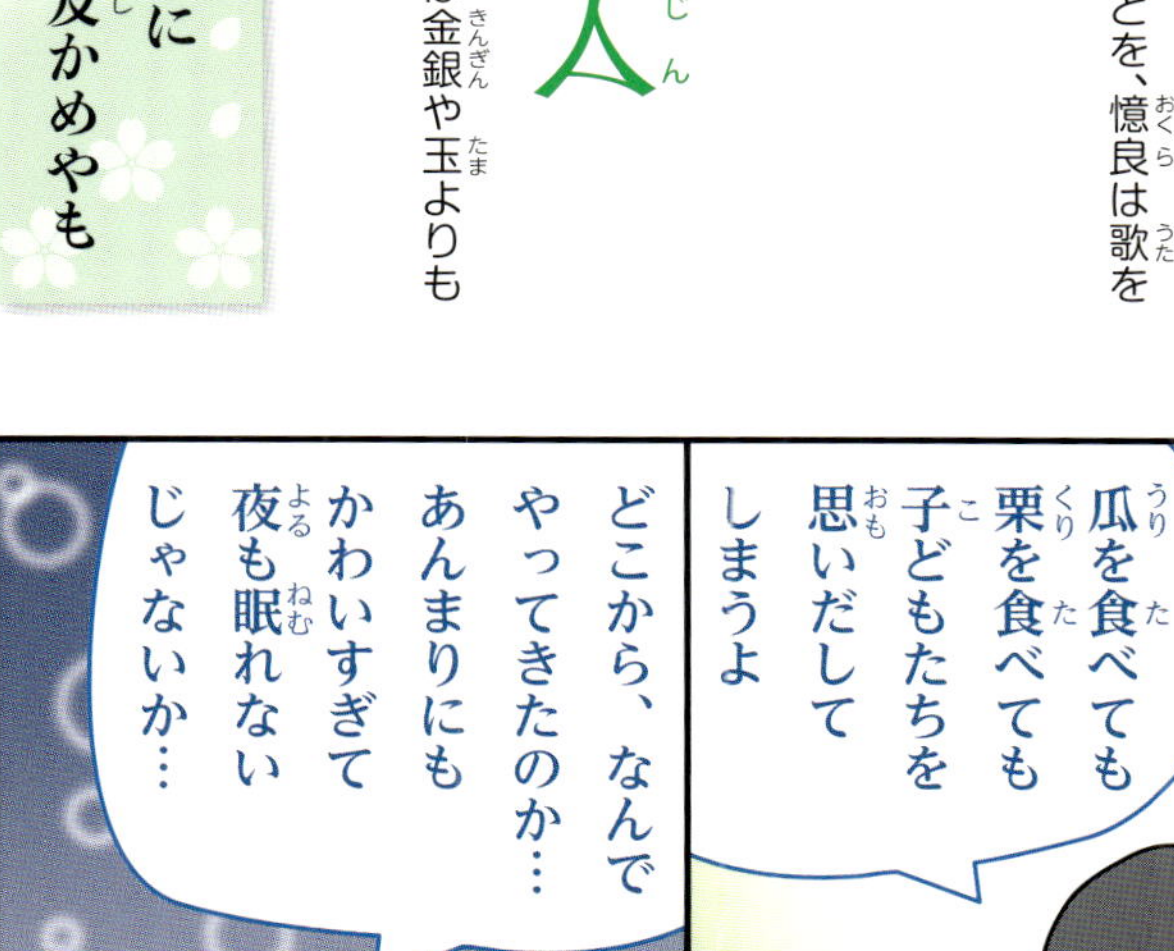

瓜を食べても栗を食べても子どもたちを思いだしてしまうよ
どこから、なんでやってきたのか…あんまりにもかわいすぎて夜も眠れないじゃないか…

万葉集
第三期
和歌

山部赤人
（?～?年）

奈良時代

奈良時代の初期に宮廷に仕えた歌人。役人としての位は高くなかったが、和歌の才能を認められ、柿本人麻呂とともに「歌聖」とよばれた。聖武天皇の外出にも同行を許され、その道中や旅先で詠んだ歌が多く残っている。

声に出して読んでみよう

田子の浦ゆ　うち出でて見れば　ま白にぞ
富士の高嶺に　雪は降りける
（雑歌／巻三・三一八）

万葉仮名
田児之浦従　打出而見者　真白衣　不尽能高嶺尓
雪波零家留

この歌の内容

田子の浦を通って見晴らしのよい場所に出てみると、まっ白だ！　富士のいただきに雪が降っている。

用語解説
＊歌聖……
▼36ページ

『新古今和歌集』『百人一首』では

田子の浦に　打ち出でて見れば　白妙の
富士の高嶺に　雪は降りつつ

『新古今和歌集』『百人一首』では、『万葉集』とは少し変化している。

この歌の場面は……

この歌の前に、「神様が宿る山」として富士山をたたえる長歌があり、その反歌として詠まれている。

近くの山がじゃまをしてよく見えなかった富士山が、田子の浦をぬけて海岸に出ると、ぱっと目の前にあらわれた。そのまっ白さに、赤人はハッと息をのむ。歌の中でまず「ま白にぞ」と詠んでから、「富士の高嶺に雪は降りける」と続けていることから、その感動の強さが伝わってくる。

田子の浦は静岡県にある地名。田子の浦近くにある、ふじのくに田子の浦みなと公園には、山部赤人が詠んだこの長歌と反歌を万葉仮名で刻んだ石柱が富士山型に置かれている。

万葉集　第四期　和歌

大伴坂上郎女

（？～？年）

奈良時代

大伴旅人（▼41ページ）の妹で、大伴家持（▼40ページ）のおば。旅人の死後は、大伴氏の中心となって一族の栄光を支えた。さまざまな題材やおもむきのある恋の歌を残し、『万葉集』には八十四首が選ばれている。額田王以降、もっとも優れた女流歌人といわれる。

声に出して読んでみよう

恋ひ（い）恋ひ（い）て　逢へ（え）る時だに　愛しき
言尽くしてよ　長くと思は（わ）ば

（相聞／巻四・六六一）

万葉仮名

恋々而　相有時谷　愛寸　事尽手四　長常念者

この歌の場面は……

坂上郎女はその生涯で穂積皇子と大伴宿奈麻呂の二人と結婚をした。独身時代には、聖武天皇や藤原麻呂とも恋をした。そんな坂上郎女は恋多き女性らしく、男性との相聞歌をたくさん詠んでいる。相聞歌とは、互いにやりとりする歌のことで、多くは恋人どうしで詠みあう。この歌も恋する男性に向けて詠まれたもの。

「せっかく会えたのだから、言葉をつくして愛を語って！」と、燃えるような恋心をまっすぐに詠んでいる。

この歌の内容

恋しく思い続けてようやく逢えたときくらい、いとしい言葉をいっぱいいってよ。この恋が長く続いてほしいと思うのでしたら…。

用語解説

＊恋ひ恋ひて……好きだとずっと思い続けて。
＊愛しき……かわいく、愛おしい。

数多くの恋をしたの。恋の歌をたくさん詠んだわ。

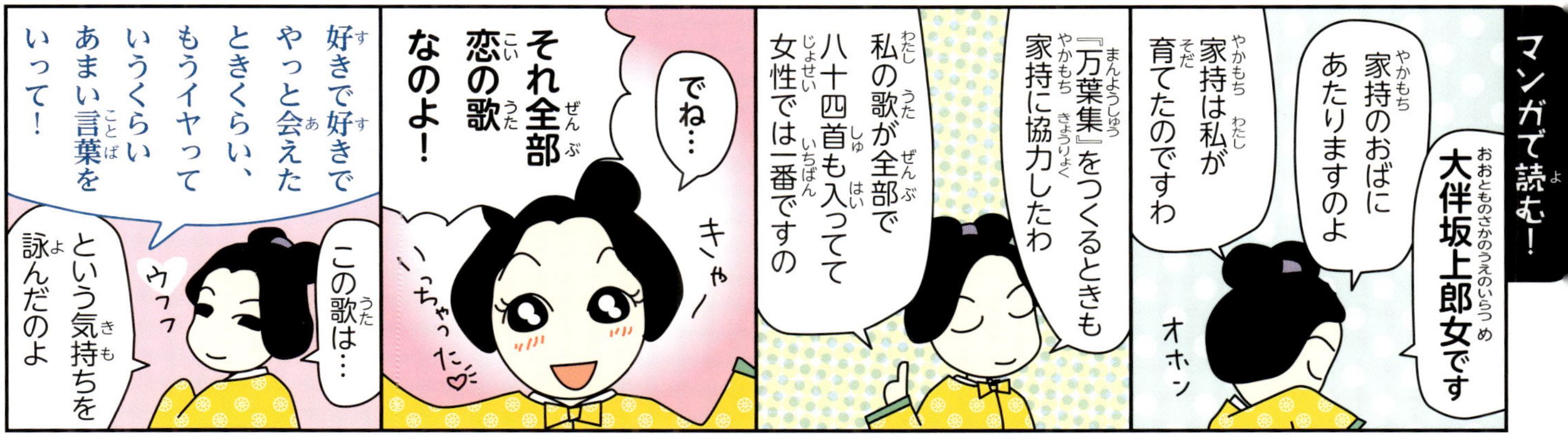

マンガで読む！

大伴坂上郎女です
オホン
家持のおばにあたりますのよ
家持は私が育てたのですわ
『万葉集』をつくるときも家持に協力したわ
私の歌が全部で八十四首も入ってて女性では一番ですの
でね…
キャー
いっちゃった♡
それ全部恋の歌なのよ！
好きで好きでやっと会えたときくらい、もうイヤっていうくらいあまい言葉をいって！
この歌は…
ウフフ
という気持ちを詠んだのよ

万葉集
第四期
和歌

大伴家持

（七一八？～七八五年）

奈良時代

『万葉集』の編集に深くかかわったといわれている歌人。早くに父を亡くし、大伴坂上郎女 ▼39ページ に育てられた。名門貴族の出身で、大人になってからは越中守（今でいう富山県の知事）となり、そのころ歌を多く残した。

声に出して読んでみよう

春の苑　紅にほふ（お）（う）　桃の花
下照る道に　出で立つ娘子

（雑歌／巻十九・四一三九）

万葉仮名
春苑　紅尓保布　桃花　下照道尓　出立嬬嬬

この歌の内容

春の庭が桃の花で紅色に照り輝いている。木の下の赤く照る道にたたずむ少女よ。

用語解説
＊紅にほふ……ピンクに色づき照り輝いている様子。
＊下照る道に……木の下の道も照らしている。

この歌の場面は……

家持が、国司として越中国（今の富山県）に来たのは七四六年。その直後には、弟の書持が亡くなり、翌七四七年には家持自身が大病をわずらった。そのような厳しい環境が創作意欲の原動力となり、体の回復後に多くの歌を詠むようになった。

この歌は、七五〇年の春に詠んだ歌。厳しい冬が過ぎて、越中にもようやく春が訪れた。庭の桃の木に満開の花が咲き、あたりを美しいピンク色に染めている。その下の道までも美しく輝かせるようなみごとな咲き方だ。すると、一人の少女がふとあらわれた。その姿もまた桃色に染まり、とても美しい。一枚の絵のような光景を家持は感動のままに詠んだ歌である。

マンガで読む！

もっと読みたい！ 大伴家持の歌

うららに　照れる春日に　ひばり上がり　心悲しも　ひとりし思へば
（雑歌／巻十九・四二九二）

万葉仮名
宇良宇良尓　照流春日尓　比婆理安我里　情悲毛　比登里志於母倍婆

うららかに晴れた春の日に、ヒバリが天高く飛びたっていく。私は一人、空にすいこまれるような悲しみで心が痛む。

新しき　年の初めの　初春の　今日降る雪の　いやしけ吉事
（雑歌／巻二十・四五一六）

万葉仮名
新　年乃始乃　波都波流能　家布敷流由伎能　伊夜之家余其騰

この歌の内容

新しい年の初めの正月の今日、雪が降っている。その雪のように、もっと積もれ、よいことよ。

『万葉集』の最後の歌だよ。

用語解説
＊うららに……のどかに。　＊いやしけ吉事……（雪が）無限に降りしくように、よいことがますます重なってほしい。体言止めの技法。
＊なかなかに…どっちつかずの状態で。

お父さんは優秀な歌人でお酒好き!?

家持の父の大伴旅人（六六五～七三一年）の歌は、『万葉集』には約八十首がおさめられている。とてもお酒好きで、お酒の歌も多く詠んでいる。

なかなかに　人とあらずは　酒壺に　成りにてしかも　酒に染みなむ（ん）
（雑歌／巻三・三四三）

万葉仮名
中々尓　人跡不有者　酒壺二　成而師鴨　酒二染嘗

人間でいるより、酒壺になって、酒にどっぷりとつかりたい、という気持ちを詠んだんだ。

万葉集
第四期
和歌

東歌

奈良時代

巻十四には「東歌」として、約二三〇首の歌がおさめられている。東歌とは、東国（関東地方や東海地方）にまつわる歌のこと。東国の国々に伝わる民謡や歌を記録したものや、東国を旅した都人が詠んだ歌、方言で詠まれた歌などがある。

声に出して読んでみよう

稲搗けば　かかる我が手を　今夜もか
殿の若子が　取りて嘆かむ（ん）

（東歌・相聞／巻十四・三四五九）

万葉仮名
伊祢都気波　可加流安我手乎　許余比毛可　等能乃和久胡我　等里弖奈気可武

この歌の内容

稲をつくのであかぎれしている私の手をとって、今夜もお館の若君が「ずいぶん荒れているね」と嘆いてくださるでしょうか。

用語解説
＊稲搗けば……稲は籾のまま貯蔵し、臼と杵でついて籾殻や糠を除いて精米していた。
＊かかる我が手を……あかぎれで荒れた手。
＊殿……お館、お屋敷の主人。

この歌の場面は……

東人の恋を詠んだ歌。あるお屋敷で働く女性が、雇い主の主人に恋をしている。若くてかっこよく、お金持ちの主人は、下働きの女性からすると〝あこがれの王子様〟のような存在。それで、「私のこの荒れた手を見て、彼はかわいそうにといってくれるかしら」と想像して、ドキドキしている。

マンガで読む！

関東、中部、東北地方で詠まれた歌を「東歌」といいます
あのへんね
都の貴族やお寺のお坊さんだけじゃなくて、私みたいな庶民も歌をつくったのよ
オレもつくった
あんまり学はないけどね
生活の中で生まれた素朴な歌が多いわ
こんなのとか
稲をついて荒れてしまった私の手をとって、お館の若様は今夜も嘆くかしら
うふ
女の子の願望ね！

万葉集 第四期 和歌

防人歌

奈良時代

防人（▼11ページ）とは、国を守るために集められた人々のこと。ほとんどが東国（関東地方や東海地方）の男性で、九州沿岸までつれて来られた。期間は三年だが、延長されることも多かった。六四六年の、文書に防人という記載がある。

声に出して読んでみよう

父母が　頭かき撫で　幸くあれて
言ひし言葉ぜ　忘れかねつる

（防人歌・相聞／巻二十・四三四六）

万葉仮名

知々波々我　可之良加伎奈弖　佐久安礼天
伊比之気等婆是　和須礼加祢豆流

この歌の内容

父と母が私の頭をなでて、「元気でいろよ」といった言葉が忘れられない。

用語解説

＊幸くあれて……「さきくあれ」の東国の方言。せめて無事で。元気でいてね。
＊言ひし言葉ぜ……いった言葉。「ことばぞ」の東国の方言。
＊誰が背と……だれのご主人。　＊ともしさ……うらやましい、ねたましい。
＊物思もせず……こちらのつらい思いも知らず。「問ふ人」にかかる。

この歌の場面は……

防人の仕事は、命をかけて国を守る危険な仕事。故郷を離れると最低でも三年はもどって来られない。場合によっては、生きては帰れないこともある。家族を残して防人に旅立つ息子と「せめて無事で」と祈る両親の、別れのつらさが詠まれている。

一生の別れになることもあった!?

防人に行った先で亡くなることもあり、防人になることは一生の別れになることもあった。防人の奥さんが詠んだ歌に、「『防人に行くのはだれのご主人?』と聞いている人を見ると、こちらのつらさも知らずにねたましい」という歌がある。

防人に　行くは誰が背と　問ふ人を
見るがともしさ　物思もせず

（巻二十・四四二五）

マンガで読む!

防人とは、九州の北部で、国を守るために配置された人々です。
このへんに配置
九州
朝鮮半島
日本中から男たちが集められました
オレ茨城
オレ長野
そういう人たちが家族との別れなどを歌にしたのです
たとえばこんな歌…
父母が私の頭をなでて「元気でな」といった言葉が忘れられません
とうちゃん…
かあちゃん…

『古今和歌集』

『万葉集』がつくられてから約100年の間、歴史に残るような和歌集はつくられませんでした。和歌よりも中国風の漢詩が重要とされたからです。そんな中で、あらためて和歌を見なおそうという動きが生まれます。そうしてつくられたのが『古今和歌集』です。

『古今和歌集』は、平安時代前期（九〇五年）に、『万葉集』に続く和歌集として醍醐天皇の命令によって誕生した。日本で最初の勅撰和歌集▼20ページである。『万葉集』よりあとの時代の古い歌と、今の世の新しい歌を集めるということから、『古今和歌集』という名がつけられた。略して『古今集』ともよぶ。

歌集は全部で二十巻あるが、第一巻の最初は、撰者の一人である紀貫之が書いた仮名序からはじまる。仮名序とは、仮名で書かれた「まえがき」のこと。そこには、和歌の歴史や歌人の評価などが書かれていて、貫之の歌に対する考えや情熱がわかる。第二十巻の最後には、紀淑望による真名序（漢字で書かれた「あとがき」）がある。

貫之以外の撰者には、紀友則、壬生忠岑、凡河内躬恒がいる。また、おさめられている和歌の歌人には、紀貫之、凡河内躬恒などがおり、中でも、僧正遍昭、在原業平、文屋康秀、喜撰法師、小野小町、大友黒主の六人は「六歌仙」とよばれている。

身分の高い人やすでに有名な人は除いて、歌の心を理解している人で、世間の評判が高い人を選んだんだ。

作品名:古今和歌集
所蔵先：宮内庁書陵部
巻一の写本。紀貫之の和歌も書かれている。

どんな歌がおさめられているのか？

『古今和歌集』は、やさしく美しい歌が多いので、『万葉集』の「ますらをぶり」▼27ページに対して、「たをやめぶり」といわれる。全二十巻あり、約一一〇〇首がおさめられている。ほとんどが短歌で、長歌が五首、旋頭歌が四首。部立▼27ページは、春、夏、秋、冬、恋など十三に分けられている。

和歌に使われた技法

おさめられた歌の中でも、昔の歌は、万葉風の素直な歌が多いが、時代があとになるにつれて、手のこんだものが多くなる。「枕詞」や「序詞」▼26ページのような修辞も見なおされ、形式も「七五調」がととのえられていった。見たものをそのまま歌うのではなく、「掛詞」や「見立て（擬人法）」などの修辞を使った複雑な歌が詠まれた。

掛詞

一つの言葉に二つ以上の意味をもたせる表現技法。発音が同じ言葉や、似ている言葉に、二つの意味をもたせるように使う。

立ち別れ　いなばの山の　峰におふる
松とし聞かば　いま帰り来む
（在原行平）

「まつ」に「待つ」と「松」をかけている。

この歌の内容

お別れして、因幡国（今の鳥取県）へ行きますが、因幡の山の峰にはえている松の木のように、あなたが私の帰りを待つと聞いたなら、すぐに帰ってきましょう。

見立て

あるものを、別のものに見立てて表現する比喩的な表現技法。「たとえ」の表現。

桜花　散りぬる風の　なごりには
水なき空に　波ぞ立ちける
（紀貫之）

空を海にたとえている。

この歌の内容

風で桜の花が散ってしまった。花びらが空に舞う様子は、まるで水のない空に波が立っているようだ。

特に優れた六人の歌人

『古今和歌集』の時代の優れた歌人六人のことを「六歌仙」という。六歌仙は仮名序の中で選ばれていて、それぞれに紀貫之による少し辛口の批評が書かれている。

六歌仙と紀貫之の批評

在原業平（825～880年）
心情をたっぷり詠んでいるが、言葉が足りない。しぼんだ花の香りだけ残っているようなものだ。

大友黒主（？～？年）
歌の姿がありきたりで、みすぼらしい。薪を背負った山人が、花のかげで休んでいるようなものだ。

僧正遍昭（816～890年）
歌に特色はあるが、現実味がうすい。絵に描いた女性を見て、むだに心を動かしているようなものだ。

小野小町（？～？年）
おもむきはあるが、勢いがない。美しい女性が病気に苦しんでいる姿みたいだ。

文屋康秀（？～879？年）
言葉選びはじょうずだが、内容と合っていない。身分の低い商人が立派な着物を着ているようなものだ。

喜撰法師（？～？年）
言葉がぼんやりしていて、歌があやふや。まるで秋の月が夜明け前の雲に隠れてしまったようだ。

用語解説　※たおやめ……しなやかにやさしい女性。

古今和歌集

和歌

紀貫之・小野小町・在原業平・壬生忠岑・伊勢

紀貫之

（八六八？～九四六？年）

春の歌

やどりして　春の山辺に　寝たる夜は
夢のうちにも　花ぞ散りける
（巻二・一一七）

この歌の内容

山寺に宿をとって春の山中で寝た夜は、夢の中までも花が散っていたよ。

歌人紹介

三十六歌仙の一人。父の紀茂行やいとこの紀友則など一族に歌人が多い。『古今和歌集』の撰者に任命されて、仮名序を書いた。『土佐日記』▼61ページの作者としても知られる。

山寺にお参りに来て、そこで泊まった夜のことを詠んだんだ。昼間に見た満開の桜の花があまりにみごとで、夢の中にまでその景色が出てきたんだよ。

在原業平

（八二五～八八〇年）

秋の歌

ちはやぶる　神世もきかず　龍田河
韓紅に　水くくるとは
（巻五・二九四）

この歌の内容

こんなことは神々の世でも聞いたことがない。龍田川の水をまっ赤に染まった布のようにするとは。

場面

奈良県北部を流れる龍田川は紅葉で有名な場所。川の紅葉のようすをまっ赤なくくり染めの布に見立てている。

歌人紹介

六歌仙、三十六歌仙の一人。その役職から「在中将」「在五中将」ともよばれる。

▼56・60ページ

壬生忠岑

（？～？年）

恋の歌

有明けの　つれなく見えし　別れより
暁ばかり　憂きものはなし
（巻十三・六二五）

マンガで読む！

歌も日記も超一流の大スター！仮名文学の先駆者！
紀貫之です
日記
歌

豊かな感性とユーモアをあわせもつ天才！
いや もう そのへんで…
ヒュー ヒュー

春に山寺をお参りしたときに詠んだ歌です

宿で寝てたら昼間に見た桜の花が夢の中でも散っていたよ

小野小町（?～?年）

恋の歌

思ひつつ　寝ればや人の　見えつらむ　夢と知りせば　覚めざらましを

（巻十二・五五二）

この歌の内容

あの人のことを思いながら寝たので、その人が夢にあらわれたのだろうか。もし夢とわかっていたなら、目を覚まさなかったのに。

恋のはじまりの「夢の中でも会いたい！」という気持ちを詠んだのよ。夢でやっと会えたのに、目が覚めてしまってがっかり！

歌人紹介

六歌仙、三十六歌仙の一人。その生涯についてくわしいことはわかっていないが、「絶世の美女」といい伝えられている。

用語解説

*三十六歌仙……▼5ページ
*六歌仙……▼45ページ
*ちはやぶる……神にかかる枕詞。
*韓紅……韓（唐）の国（今の中国）から渡ってきた鮮やかな紅色の染料。
*有明の月……明け方の空に残っている月。
*暁……夜明け前の薄暗い時。

この歌の内容

夜が明けても月が空に残る朝、あの人は薄情にも私と別れた。その別れがあってから、明け方ほど悲しいものはない。

場面

平気な顔で自分のもとを去った薄情な女性を、夜が明けても平気で空に浮かんでいる月に重ねている。明け方の月を見るたびに、その別れを思いだしてつらい気持ちを詠んだ歌。

歌人紹介

三十六歌仙の一人で、『古今和歌集』の撰者の一人。天皇に同行して旅先で歌を詠んでいる。

伊勢（八七七?～九三八?年）

春の歌

春霞　立つを見すてて　行く雁は　花なき里に　住みやならへる

（巻一・三一）

この歌の内容

春霞が立ちこめるよい季節になったのに、それを見捨てて北国に帰っていく雁は、花の咲かない里に住み慣れているのだろうか。

場面

せっかく美しい花が咲く春が来たのに、それに見向きもせずに飛んで行く雁を、残念でもったいない気持ちで見ている。

歌人紹介

三十六歌仙の一人で、小野小町と並ぶ女流歌人。父の藤原継蔭が伊勢守（今でいう三重県知事）だったことから、この名がある。宇多天皇の妃である中宮温子に仕え、のちに天皇の子を生んだ。娘の中務も女流歌人として活躍した。

マンガで読む！

小野小町です
絶世の美女といわれる小町は歌の才能にもめぐまれて、まさに才色兼備！

なぞも多くて、いろいろな伝説も生まれ、小説や芝居のネタにもなってます

美しいって罪ね…

恋の歌や夢の歌をたくさん詠みました

恋しいと思いながら寝たからあの人の夢を見たのかしら

夢だとわかっていたら目を覚まさなかったのに

ああ…あの人に会いたい

『新古今和歌集』

平安時代が終わり、鎌倉時代になると、政治のトップが天皇から将軍にかわりました。それにともなって、政治や文化の中心が貴族から武士に移っていきます。力を失った貴族たちは、それまで以上に和歌の世界に熱中するようになりました。

『古今和歌集』（▼44ページ）から約三〇〇年後の鎌倉時代初期（一二〇五年）につくられた八番目の勅撰和歌集（▼20ページ）である。『新古今和歌集』という名前は、『古今和歌集』の伝統を受けつぎながら、和歌の新しい時代もつくっていきたいという思いからつけられたといわれている。略して『新古今集』ともいう。つくらせたのは後鳥羽院で、撰者は藤原定家、源通具、藤原有家、藤原家隆、藤原雅経、寂蓮。

また、おさめられている和歌の歌人には柿本人麻呂、山部赤人、紀貫之、西行、慈円、式子内親王、そして、『新古今和歌集』の撰者や後鳥羽院などがいる。

『新古今和歌集』の歌は、複雑で繊細、ロマンチックなものが多い。それは、貴族たちが政治の中心から外れ、時間や能力をもてあますようになったことと関係がある。貴族たちは思い通りにならない現実を嫌い、夢や幻想の世界に魅力を感じるようになっていった。その結果として、手のこんだ歌やロマンチックな歌が多くつくられるようになった。

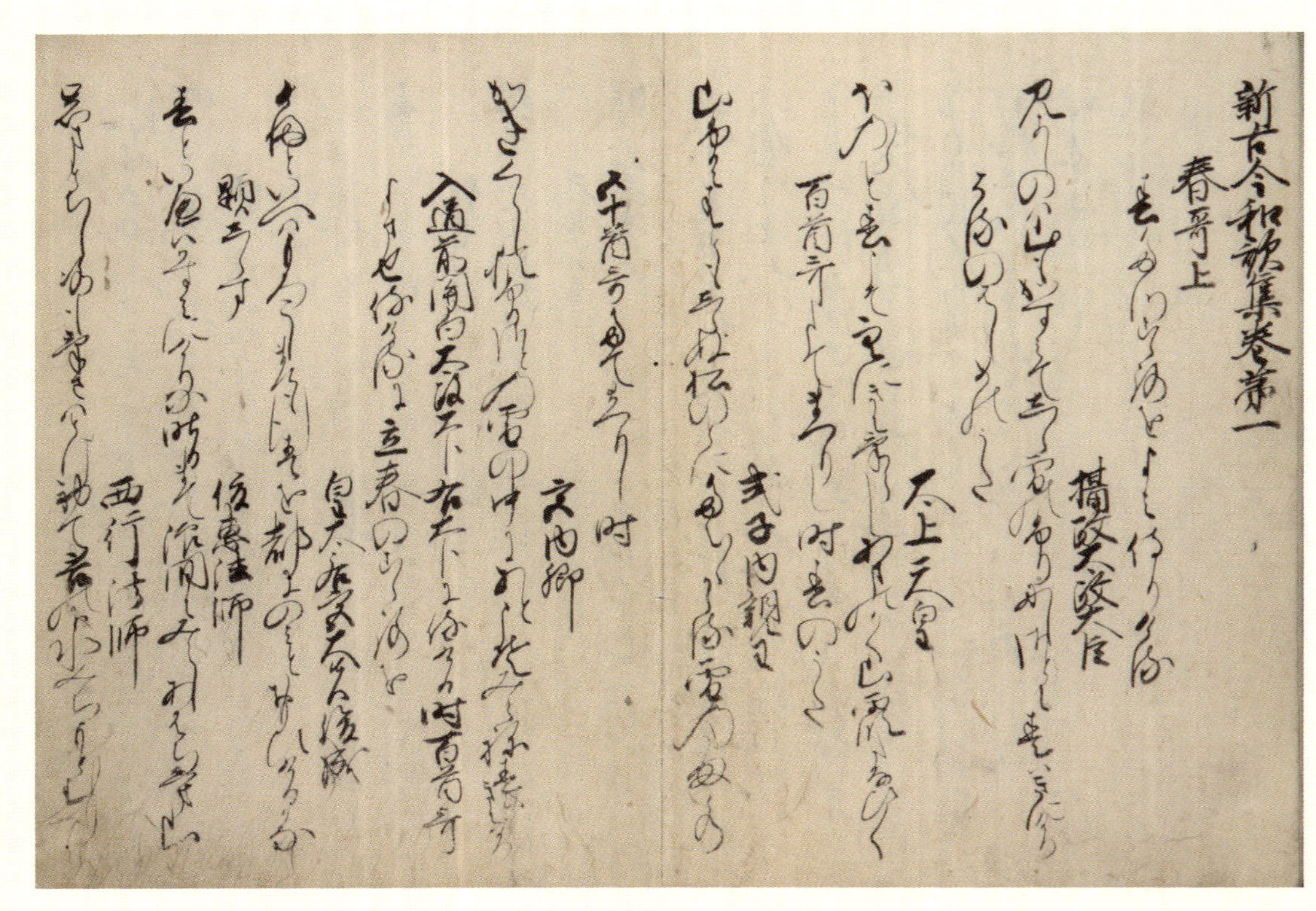

作品名:新古今和歌集
所蔵先：愛知県立大学長久手キャンパス図書館

『新古今和歌集』の写本。式子内親王や西行の歌が書かれている。

どんな歌がおさめられているか？

『新古今和歌集』は、華麗で優美なはかない歌が多い。全部で二十巻あり、約二〇〇〇首がおさめられている。歌の形式は、すべて短歌。部立▶27ページは、『古今和歌集』と同じく整然としている。

和歌の世界を盛り上げた後鳥羽院と藤原定家

『新古今和歌集』をつくることを命じた後鳥羽院と撰者の一人である藤原定家は、当時の歌人たちの中心人物。『新古今和歌集』をつくるとき、後鳥羽院は撰者に任せきりにするのではなく、自分も中心となって編集に参加した。

後鳥羽院
（1180〜1239年）
たいへんな和歌好きで、歌会や歌合などをよく開いた。宮廷に和歌を専門にあつかう役所「和歌所」をつくったことでも有名。

藤原定家
（1162〜1241年）
この時代を代表する歌人で、『新古今和歌集』のほかに『新勅撰和歌集』や『小倉百人一首』▶76ページなどもつくっている。

和歌に使われた技法

「掛詞」や「見立て」などのこれまでの修辞▶26・45ページに加え、「体言止め」や「本歌取り」などの技法も使われている。修辞をたくさん使うことで、和歌はずっと複雑になった。形式は、『古今和歌集』にならい「七五調」である。

体言止め

歌の最後を体言（名詞）で終わらせる表現技法。

体言止めにすることでリズムをよくしたり、イメージの広がりをもたせたりする効果がある。

見わたせば　花も紅葉も　なかりけり
浦の苫屋の　秋の夕暮
（藤原定家）

この歌の内容

見わたしてみたところで、春の花も、秋の紅葉もここにはない。海辺の粗末な小屋があるばかりな秋の夕暮れよ。

本歌取り

もともとある歌の一部を借りて、別の新しい歌をつくる表現技法。

有名な昔の人の歌を借りることで、その歌がもつ世界観やイメージを、新しい歌に取りこむことができる。

もとの歌は

さ夜更くる　ままにみぎはや　凍るらむ
遠ざかりゆく　志賀の浦波
（『後拾遺和歌集』快覚法師）

志賀の浦や　遠ざかりゆく　波間より
凍りて出づる　有明の月
（藤原家隆）

この歌の内容

夜がふけ海面が凍り、志賀の浦の波打ち際が遠ざかっていく。波の間から、凍りついたように光を放って有明の月が上がっていく。

新古今和歌集

和歌

西行・式子内親王・藤原定家・後鳥羽院・慈円

西行

（一一一八〜一一九〇年）

秋の歌

心なき　身にもあはれは　知られけり
鴫立つ沢の　秋の夕暮
（巻四・三六二）

この歌の内容

もののおもむきを感じることのないこの出家の身にも、しみじみとした味わいは自然と感じられるものだ。鴫の飛びたつ沢の、秋の夕暮れよ。

歌人紹介

平安時代後期の歌人で僧。平将門を破った藤原秀郷の子孫で、武士の家に生まれた。鳥羽上皇に仕えたが、二十三歳のとき出家。仏道の修行のために日本全国を歩き、その先々で和歌を詠んだ。

出家した人間は、あらゆる欲を捨てて心を動かさないもの。だが、鴫が飛び立つ羽音が響き、そのあとに広がる、しんとした静けさの中にいると、思わずさびしさに心がゆれるなあ。

藤原定家

（一一六二〜一二四一年）

春の歌

春の夜の　夢の浮橋　とだえして
峰に別るる　横雲の空
（巻一・三八）

この歌の内容

春の夜のはかなく短い夢から目が覚めて、外を見ると、山の峰から横雲が左右に別れていく明け方の空のすばらしさよ。

場面

「夢の浮橋」は、『源氏物語』の最終巻の名前で、はかない悲恋で終わる。それをふまえて、途切れた夢のはかなさ、春の夜の短さやはかなさをあらわしている。

歌人紹介

『新古今和歌集』の撰者の一人。和歌の美しさを追い求めた歌人で、指導者としても活躍した。和歌の世界の中心的存在だった。

後鳥羽院

（一一八〇〜一二三九年）

春の歌

見わたせば　山もとかすむ　水無瀬川
夕べは秋と　なに思ひけん
（巻一・三六）

式子内親王（一一五三?〜一二〇一年）

恋の歌

玉の緒よ　絶えなば絶えね　ながらへば（え）　忍ぶることの　弱りもぞする
（巻十一・一〇三四）

この歌の内容

私の命よ、絶えるなら絶えてしまっておくれ。このまま長く生きていると、心にかくしている恋がばれてしまいそうだから。

だれかにばれてはいけない秘密の恋なの。がまんすればするほど恋する気持ちが大きくなって、あふれでてしまいそう。

歌人紹介

平安時代後期から鎌倉時代初期の女流歌人。父は後白河天皇。賀茂斎院（賀茂神社に仕える未婚の皇女）をつとめたが、のちに出家した。政治のもめごとに巻きこまれて、都から追放されそうになったりと不幸も多かった。

用語解説

＊あはれ……しみじみとした心。　＊玉の緒……命のこと。
＊ながらへば……長く生きたら。
＊忍ぶること……気づかれないようにする。
＊とだえして……目が覚めること。
＊かりがね……雁が音。雁の鳴き声。

この歌の内容

見わたしてみると、山のふもとがかすんで、そこを水無瀬川が流れている。その眺めがすばらしい。夕暮れは秋がよいと、今までどうして思っていたのだろう。

場面

平安時代の随筆『枕草子』に「秋は夕暮れ」と書かれているように、昔から「秋は夕暮れがすばらしい」とされてきた。だが、今、目の前に広がる春の夕暮れの美しさは、秋に負けていない。

歌人紹介

第八十二代の天皇で、一一九八年より上皇。和歌に力を入れていた。一二二一年、鎌倉幕府を倒そうとしたが失敗し、隠岐島に流された。

慈円（一一五五〜一二二五年）

秋の歌

大江山　かたぶく月の　影冴えて　鳥羽田の面に　落つるかりがね
（巻五・五〇三）

この歌の内容

大江山のほうへしずんでいく月の光がさえ、鳥羽の田んぼに降りようとしている雁の声が聞こえてくる。

場面

後鳥羽院が開いた歌会で詠まれた歌。鳥羽田は、今の京都市伏見区の田んぼで、和歌によく詠まれている。降りてくる雁の声にもの悲しさを感じている。

歌人紹介

鎌倉時代初期の僧。天台宗のトップに4回なった。『愚管抄』という歴史の本を書いている。

マンガで読む！

これも読んでおきたい！

平安時代の漢詩集

『菅家文草』『菅家後集』

平安時代には、漢詩が貴族の教養の一つとされていました。日本で漢詩の研究をした学者には、菅原道真（845～903年）がいます。彼は中国の漢詩を勉強するだけでなく、自分でも多くの漢詩をつくりました。それらを集めて本にし、天皇や教え子に贈ったのが『菅家文草』と『菅家後集』です。

『菅家文草』は、平安時代前期（九〇〇年ごろ）に菅原道真によって書かれた、漢詩の作品集。醍醐天皇にさしあげるためにつくられた。『道真集』ともいう。全十二巻。前半の六巻には詩が四六八編おさめられている。詩の並びは、つくられた時代順。後半の六巻は、論文などの文章が一六九編おさめられている。

『菅家後集』は、平安時代前期（九〇三年ごろ）に道真によって書かれた漢詩の作品集。『西府新詩』ともいう。全一巻。道真が都を追われて北九州の大宰府に流されたあとにつくった詩四六編がおさめられている。道真は死の直前に、この本を教え子の紀長谷雄に贈った。

作品をとおして、自分の気持ちや考えを世に伝えたかったんだ。

作品名：北野縁起残缺　所蔵先：東京国立博物館　Image: TNM Image Archives
うらみを残して死んだであろう道真のたましいをしずめるため、北野天満宮の天神として祀ったいきさつをえがいている。

どんな詩がおさめられているか？

『菅家文草』の詩は、都にいた時代に詠まれたもの。贈答（詩を贈りあったもの）、離別（別れの悲しみを詠んだもの）、即興（その場で詠んだもの）などがある。どれも風格があって、流れるように美しい。

『菅家後集』の詩は、大宰府に流されてから詠んだもので、都への強い思い、絶望などが詠まれている。

菅原道真ってどんな人？

小さいころから頭がよかった道真は「神童」とよばれていた。大人になってからは学者となり、政治の中心でも活躍。宇多天皇のお気に入りで、どんどん出世していった。やがて貴族のトップだった藤原時平をおびやかす存在になった道真は、時平からうらみをかってしまう。そして、とうとう無実の罪をきせられて、大宰府に飛ばされてしまう。大宰府に行って間もなく、道真は病気で亡くなった。その後、無実が認められ、天満天神として祀られた。現代では、「学問の神様」として有名である。

用語解説
＊新羅……朝鮮半島にあった国。

道真の死後、道真をおとしいれたとされる時平ら４人の貴族があいついで亡くなった。都では、道真の呪いと恐れられた。

日本で一番古い漢詩集『懐風藻』

奈良時代（七五一年ごろ）につくられた、日本最古の漢詩集。つくった人は不明。全一巻。役人を中心とする六十四人の詩一二〇編が年代順におさめられている。

声に出して読んでみよう

長屋王
宝宅に於て新羅の客を宴す
高旻　遠照開け
遥嶺　浮烟靄たり
金蘭の賞を愛づること有り
風月の筵に疲るること無し
桂山　余景下り
菊浦　落霞鮮かなり
謂ふ莫かれ　滄波隔つと
長く壮思の篇を為らん

原文
於宝宅宴新羅客
高旻開遠照
遥嶺靄浮烟
有愛金蘭賞
無疲風月筵
桂山余景下
菊浦落霞鮮
莫謂滄波隔
長為壮思篇

この歌の内容

故郷の新羅に帰る外国の友を送るために宴会を開いている。いつ終わるともしれない宴会が続き、高かった太陽も西の空に傾きはじめた。遠くの山や菊が咲く水辺にも夕日がさしている。友よ、私たちの間を広い海がへだてているなどといわないで。いつまでも永遠の友情をちかいましょう。

『菅家文草』『菅家後集』

漢詩

菅原道真

（八四五～九〇三年）

声に出して読んでみよう

「阿満を夢みる」（『菅家文草』）

阿満亡してより来　夜も眠らず
偶眠るも夢に遇ひて　涕漣漣たり
身の長は去夏　三尺に余り
歯立ちて今春　七年可なり
事に従ひては
人の子の道を知らんことを請ひ
書を読みては　帝京篇を暗誦せり
（初めは賓王が古意篇を読む。）
薬の沈痛を治むること　纔かに旬日
風の遊魂を引くこと　是に九泉
爾後は
神を怨み兼ねて仏をも怨みたり
当初　地無く又天も無かりき
吾が両の膝の嘲弄多かりしを看
汝が同胞の葬鮮を共にするを悼む

原文

阿満亡来夜不眠
偶眠夢遇涕漣漣
身長去夏余三尺
歯立今春可七年
従事請知人子道
読書諳誦帝京篇
（初読賓王古意篇）
薬治沈痛纔旬日
風引遊魂是九泉
爾後怨神兼怨仏
当初無地又無天
看吾両膝多嘲弄
悼汝同胞共葬鮮

この詩の内容

阿満が死んでから、夜も眠れない。たまに眠ると夢に見て、涙が流れる。背丈も伸びて、年も七つほどになり、一人前に「人の道が知りたい」などといっては、本を読んでいたなぁ。
薬がきいたのも少しの間で、風がたましいをさらっていってしまった。それから私はまっ暗な気持ちで、神も仏もうらんでいる。私の膝元でよく遊んだあの子を思いだす。さらに下の弟も死んでしまって、悲しくて仕方がない。

マンガで読む！

菅原道真は子どものころから勉強も武術もよくできてみんなから神童とよばれていました

これぜんぶ読んじゃったよ～♡
矢もみんな当たったし♪

試験も優秀な成績で早々と博士になったしまさに前途洋々

子どもを亡くすという悲劇はあったけど…

わが子よ…

仕事はできるし人望はあるし、どんどん出世して宮中文化人の中心人物になり、右大臣にまでのぼりつめた！

ホイホイのホーイ♪

出世の階段

宇多天皇からも信頼されて…それで嫉妬されてしまい…

あいつウザイ

ジャマだよな

わきあいあい

ニャー

声に出して読んでみよう　『門を出でず』（『菅家後集』）

一たび謫落せられて　柴荊に
在りしより　万死兢兢　跼蹐
の情　都府楼は　纔かに瓦の
色を看　観音寺は　只だ鐘の
声を聴く　中懐は好し　孤雲
の去るを逐ひ　外物は　満月
の迎へに相逢はん　此の地
身の検繋せらるること無しと
雖も　何為れぞ　寸歩も門を
出でて行かん

原文

一従謫落在柴荊
万死兢兢跼蹐情
都府楼纔看瓦色
観音寺只聴鐘声
中懐好逐孤雲去
外物相逢満月迎
此地雖身無検繋
何為寸歩出門行

この詩の内容

大宰府に流されてから、死ぬほどの罪を負った私には居場所がない。大宰府の屋根をわずかに眺め、観世音寺の鐘の音を遠くから聞くだけだ。ええい、なるようになれ。私は都に帰る日が来るのを待とう。この大宰府の地では、一歩も外に出る気になれないのだ。

声に出して読んでみよう　『九月十日』（『菅家後集』）

去年の今夜　清涼に侍し
秋思の詩篇　独り断腸
恩賜の御衣は　今此に在り
捧持して毎日　余香を拝す

原文

去年今夜侍清涼
秋思詩篇独断腸
恩賜御衣今在此
捧持毎日拝余香

この詩の内容

去年（九〇〇年）の今夜は都の清涼殿にいた。あのとき、私が詠んだ「秋思」の詩は、思いだすとはらわたがちぎれそうだ。あのとき天皇からいただいた着物は、今もここにある。毎日大切にして、残っている香りをかいでは、天皇のことを思いだしている。

用語解説

*阿満……「阿」は、親愛の情をこめたよび方。「満」は、麻呂のことで、男児の一般的なよび方。この詩では、早くに死んだ子どものこと。

*帝京篇……中国の唐の時代初期の詩人である駱賓王の作品。　*古意篇……今とは異なる、もともとの形で残された作品。

*葬鮮……若い死者を葬ること。　*都府楼……大宰府の建物。

『伊勢物語』

「むかし、男ありけり」という書きだしではじまり、歌人である在原業平（825～880年）の和歌を中心に物語がえがかれています。古くは業平が書いた作品と伝えられていましたが、今は数人の作者によって書かれたと考えられています。

原型は、平安時代前期（九〇一年ごろ）に書かれ、その後、何度か書き加えられた歌物語。全部で一二五段ある短編集で、それぞれのお話の中心には和歌があるため、「歌物語」といわれる。歌がどんなできごとの中で生まれたか、どんな想いで詠まれたかを物語にしてえがいている。ほとんどが主人公の男の恋愛話である。

登場する和歌は在原業平の作品が中心。そのため、「主人公＝業平」と考えられるようになり、業平は〝当代一の色男〟として有名になった。『伊勢物語』という題名は、伊勢斎宮（伊勢神宮に仕える皇女）との恋の話があることからつけられたという説がある。また、在原業平が五男であったことや、右近衛権中将であったことから『在五が物語』『在五中将の日記』ともいわれる。

第一段は、初冠（成人して初めて冠をつける儀式）をした主人公が、美人の姉妹と出会うお話。その後、男が女をさらうお話（第六段）や、東国へ旅するお話（第九段）、幼なじみとの恋（第二三段）や伊勢斎宮との恋（第六九段）など、さまざまな物語がえがかれる。最後の一二五段では、主人公の男が死をむかえる。

作品名：伊勢物語絵巻　作家名：住吉如慶　所蔵先：東京国立博物館　Image: TNM Image Archives
『伊勢物語』の世界をえがいた絵巻。第九段「東下り」▶58～59ページの場面がえがかれている。

どんなお話があるか？

全体として、業平をモデルにしたと思われる男の恋愛話が多い。しかし、惟喬親王との友情や、年老いた母との別れ、東国を旅する孤独やわびしさなどもえがかれる。

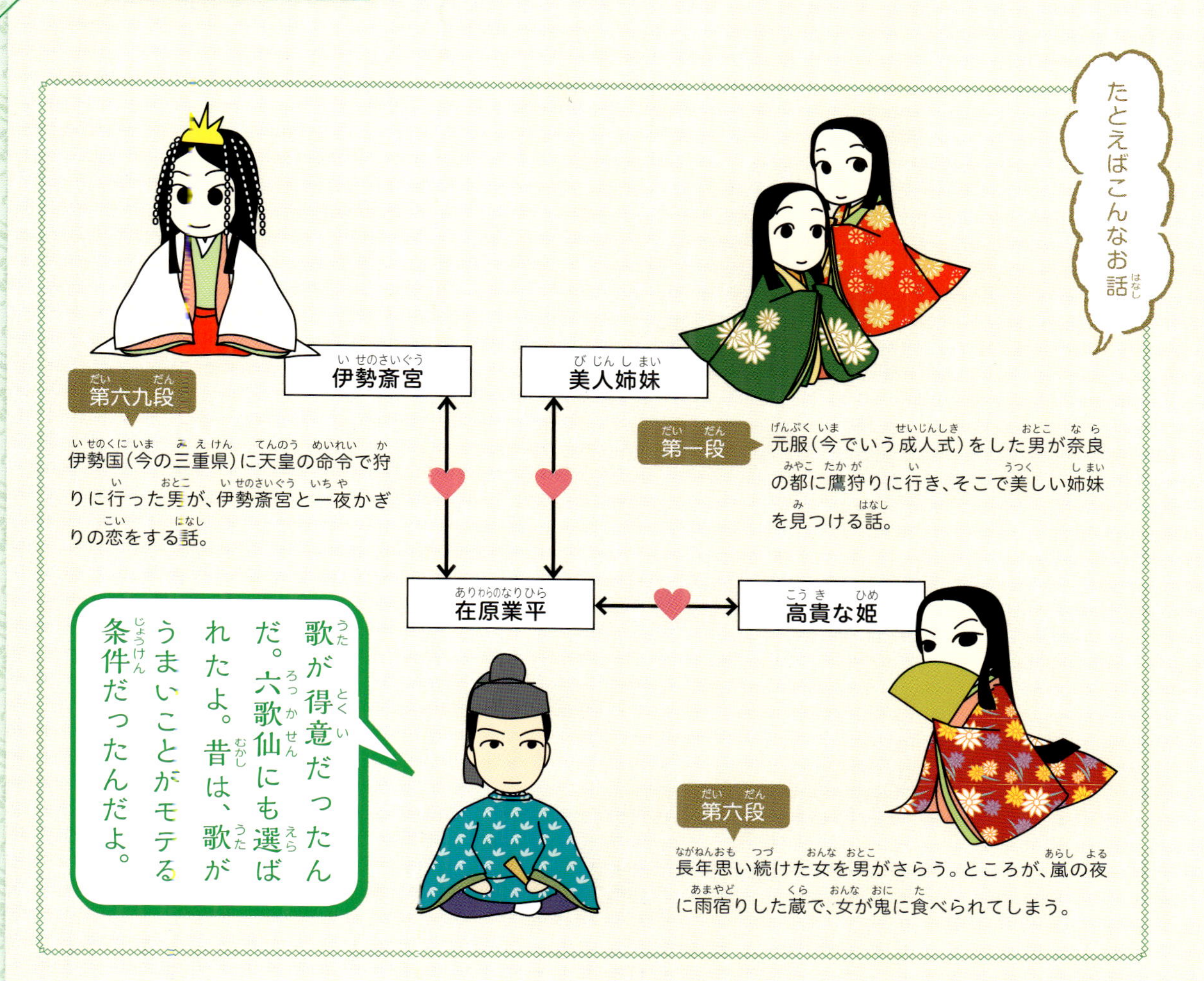

たとえばこんなお話
伊勢斎宮
美人姉妹
在原業平
高貴な姫
第六九段
伊勢国（今の三重県）に天皇の命令で狩りに行った男が、伊勢斎宮と一夜かぎりの恋をする話。
第一段
元服（今でいう成人式）をした男が奈良の都に鷹狩りに行き、そこで美しい姉妹を見つける話。
第六段
長年思い続けた女を男がさらう。ところが、嵐の夜に雨宿りした蔵で、女が鬼に食べられてしまう。
歌が得意だったんだ。六歌仙にも選ばれたよ。昔は、歌がうまいことがモテる条件だったんだよ。

歌物語ってどんなもの？

和歌を中心として書かれた短い物語を集めたもの。和歌にまつわる人物の伝説や裏話などから生まれた物語で、実際にはほとんどがつくり話だが、人々には実話として読まれていた。『伊勢物語』は現存する最古の歌物語で、のちの時代の文学に大きな影響を与えた。ほかにも、代表的な歌物語に『大和物語』『平中物語』などがある。

そのほかの歌物語

『大和物語』

平安時代中期の歌物語。作者は不明で、全二巻。大きく二つに分かれ、おもに宇多上皇を中心とした話と、古くから伝わる歌物語を集めた話、一七三段がある。

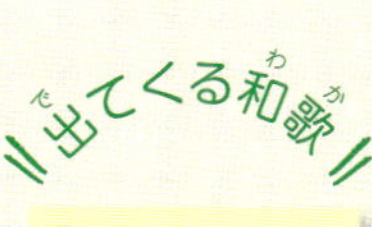

わが心 なぐさめかねつ さらしなや
をばすて山に 照る月を見て
（第一五六段「姨捨」）

『平中物語』

平安時代中期の歌物語。作者は不明で、全一巻。「平中」とよばれた平貞文を主人公とした恋愛の話、三八段が書かれている。失敗に終わった恋が多い。

出てくる和歌

嘆きつつ 空なる月を ながむれば
なみだぞ天の 川となかるる
（第一段「恋の禍」）

伊勢物語 第九段

恋人と別れ、都をさる男……
東下り―むかし、男ありけり―

歌物語

原文を読んでみよう

むかし、男ありけり。その男、身をえうなきものに思ひなして、京にはあらじ、あづまの方にすむべき国もとめにとてゆきけり。もとより友とする人、ひとりふたりしていきけり。道しれる人もなくて、まどひいきけり。三河の国八橋といふ所にいたりぬ。そこを八橋といひけるは、水ゆく河のくもでなれば、橋を八つわたせるによりてなむ、八橋といひける。その沢のほとりの木のかげにおりゐて、かれいひ食ひけり。その沢にかきつばたいとおもしろく咲きたり。それを見て、ある人のいはく、「かきつばた、といふ五文字を句のかみにすゑて、旅の心を

この場面のお話

昔、男がいた。男は自分を、都では必要のない者だと思い、都を離れて東国へ移り住むことにした。一人、二人の友人だけ連れて、迷いながら三河国（今の愛知県）の八橋に着いた。八橋という名前は、水が八方に分かれて流れ、橋を八つ渡しているからだった。その沢のほとりの木のかげに座って乾飯（乾したご飯）を食べていると、カキツバタが咲いているのを見て、友人がこういった。

「カキツバタという五文字を句の頭において、旅の心を歌に詠んでみて」

そこで、男は

〝から衣を着ているとなじんでくるように、慣れ親しんだ愛する妻を都に残したまま、遠くまで来てしまった。しみじみと旅が悲しく思われる〟

と歌を詠んだ。

それを聞いた全員が涙を流したので、乾飯がびっしょりとふやけてしまった。

このお話の続きは……

一行はさらに旅を続ける。駿河国（今の静岡県）で出会った修行者は、なんと男の知り

マンガで読む！

よめ」といひければ、よめる。
から衣　きつつなれにし　つましあれば
はるばるきぬる　たびをしぞ思ふ
とよめりければ、みな人、かれいひの上に涙おとしてほとびにけり。

あいだった。そこで、男は恋しい妻にあてて歌を詠み、その修行者にあずける。
さらに東に進むと隅田川に出た。川のほとりで都を思っていると、舟がやってきて、船頭が「早く乗れ」とせかしてくる。そこに見慣れない鳥がいて、船頭にたずねると「都鳥」だと答える。その名を聞いて、よけいに都が恋しくなる一行だった。

「かれいひ」ってどんなもの？

漢字で書くと「乾飯」。炊いたご飯を乾かしたもの。旅に持って行くのにご飯が腐りにくいように、天日に干して乾かしてある。食べるときは水でもどしたり、そのまま食べたりする。

「かきつばた」を句の頭において歌を詠むなんてすごい！

この歌は「折句」という和歌の技法が使われている。「折句」とは、五音や三音でできたものの名前や地名などを、和歌や俳句などの各句の最初に一字ずつおいて詠むこと。

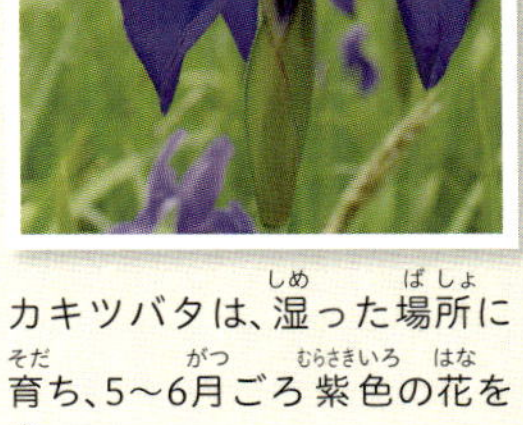

カキツバタは、湿った場所に育ち、5～6月ごろ紫色の花を咲かせる。

「から衣」ってどんな服？

「唐衣」と書き、中国風の衣服。袖が大きく丈が長くて、日本の着物のように胸の前で左右を重ねあわせて着る。また、中国のものでなくても、めずらしく美しい着物のことをさすときにも使われる。

用語解説

＊むかし、男ありけり……昔、男がいた。『伊勢物語』の各段は、この言葉ではじまることが多い。
＊えうなきもの……必要がない。用がない。
＊三河の国八橋……今の愛知県知立市八橋。
＊ほとびにけり……やわらかくなる。ふやける。

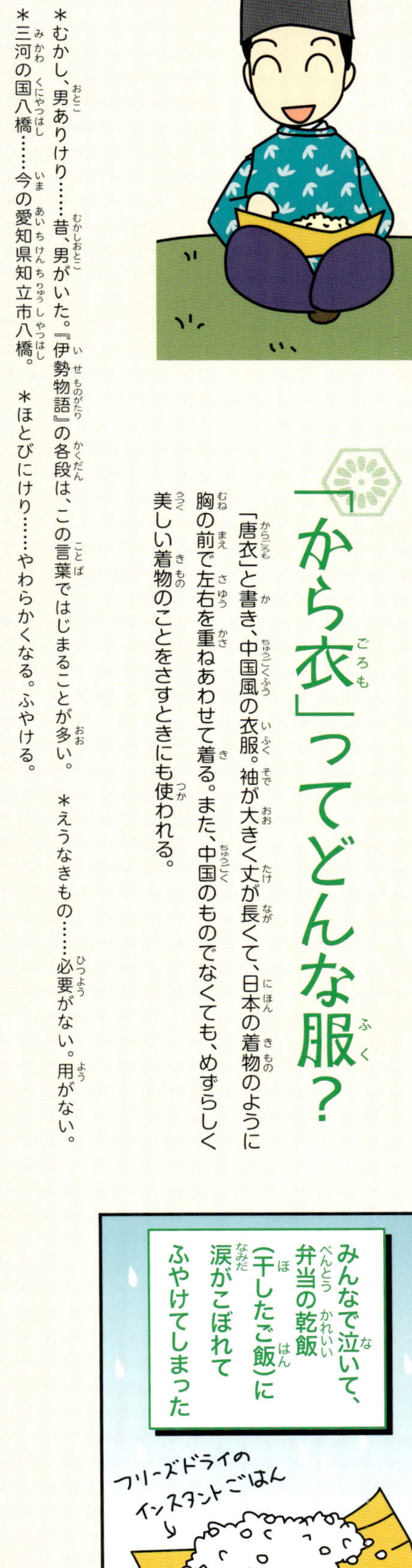

コラム 2

情熱的な美男子 在原業平

平安時代を代表するモテ男といわれる在原業平（八二五～八八〇年）は、どんな男性だったのでしょう。その人生や人物像を見てみましょう。

実は天皇家の生まれ

祖父は平城天皇、父はその第一皇子の阿保親王。つまり、業平は天皇の血をひく皇子で、たいへん、高貴な人物だった。しかし、親王は八一〇年に起きた薬子の変で、平城上皇と嵯峨天皇の権力争いに巻きこまれ、都から追放されてしまう。

その後、親王は許されて都にもどるが、そのときに、今後は天皇に歯向かわない意志をしめすために、自分の子らを天皇の臣下にすると申しでた。そのため、業平は苗字を在原にして、天皇に仕えることになった。

業平が生きた時代は藤原氏が権力をもっていた時代で、役人として出世することはできなかった。でも、姿かたちが美しく、和歌がじょうずで、育ちもよかった業平は、人々のあこがれとして注目された。

歌がうまいモテ男

恋愛じょうずでおしゃれな男性のことを「色好み」という。業平は、平安貴族の中でも一番といわれるほどの色好みだった。

彼がモテた理由の一つに、歌の才能がある。当時の貴族にとって和歌は教養の一つで、歌の知識が豊富だったり、じょうずに歌を詠めることがエリートとしての条件だった。業平は優れた歌をいくつも詠んでいて、六歌仙▼45ページや三十六歌仙▼5ページに選ばれている。『伊勢物語』▼56ページにも、業平がモデルといわれる多くの恋愛話が書かれている。

土佐日記の世界へ

『土佐日記』のはじまり

紀貫之（八六八?〜九四六?年）が女性のふりをして書いた『土佐日記』。日々のできごとのほか、和歌も多く書かれています。仮名文字で書かれた文章からは、そのときどきの貫之の細かな心情が読みとれます。日記のはじめには、仮名の序文があり、筆者の自分は女性であるといって、旅日記がはじまります。

男もすなる日記といふものを、女もしてみむとてするなり。それの年の師走の二十日あまり一日の日の、戌の時に門出す。そのよし、いささかものに書きつく。

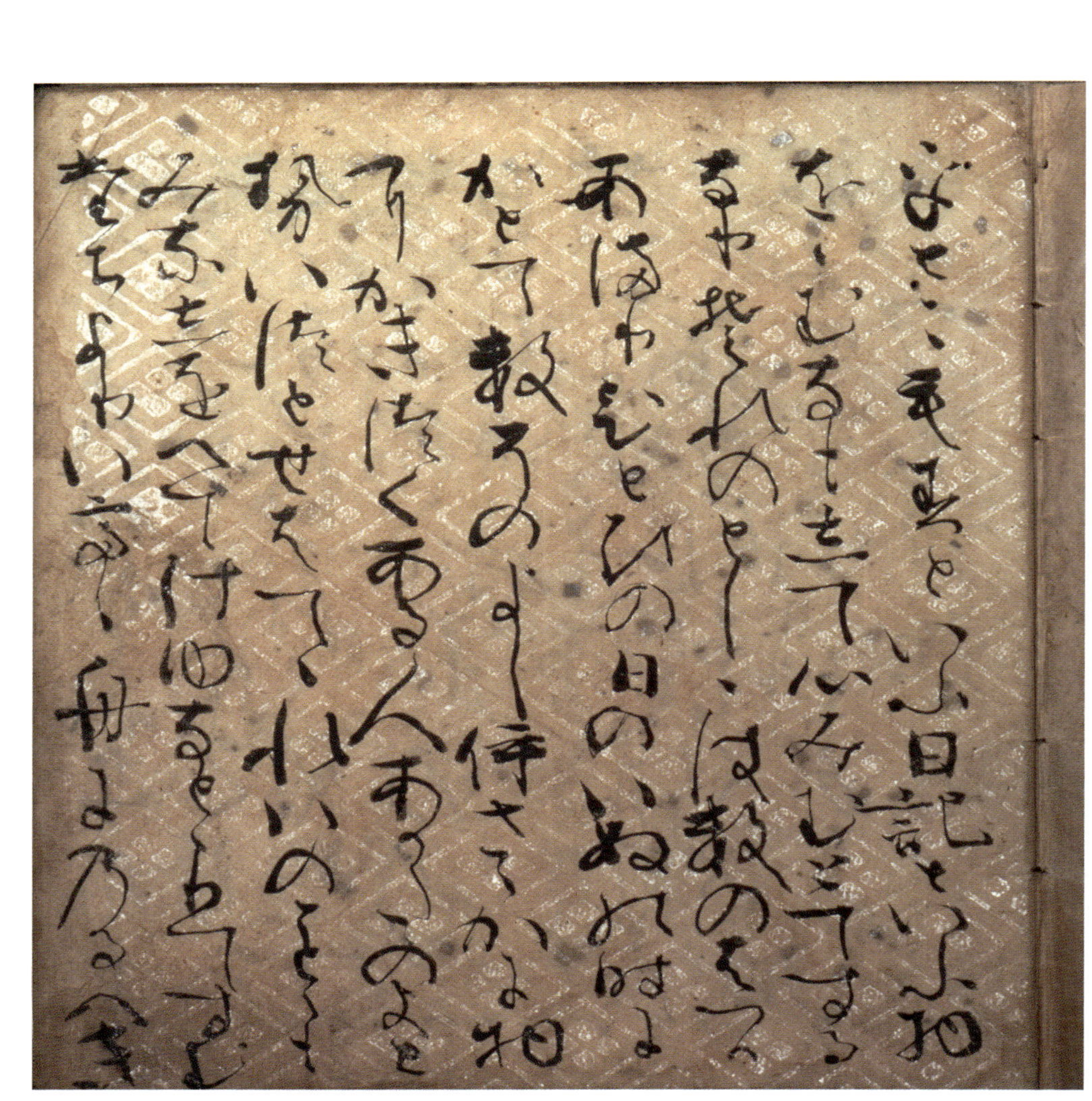

作品名：土佐日記写本　所蔵先：公益財団法人前田育徳会

『土佐日記』の写本。書いたのは藤原定家。ひらがなのところを漢字にしたり、言葉を追加したりしている。

土佐日記の道のり

紀貫之が、土佐守（今でいう高知県知事）の仕事の期間を終えて土佐を出発した九三四年十二月から、京の都に着いた翌年二月までの五十五日間が記録されています。日記に記されたおもな旅の道のりを見ていきましょう。

❶ 12月21日　国府を出発

勤務地の国府を出発。国府とは当時の県庁のような場所。出発にあたり、新しい国司の家に招かれ、送別会をしてもらう。

❷ 12月27日　大津を出発

大津～浦戸～大湊へと船に乗る。船旅の途中で歌を詠んだり、さしいれのお酒やごちそうを食べたり。

❸ 12月28日　大湊に到着　1月9日に出発

十日あまり大湊にいて、年末年始をすごす。正月のごちそうもなく、都のことが思いだされる。

❹ 1月9日　奈半に到着　1月11日に出発

大湊から船に乗り、奈半の泊へ。途中、宇多の松原の景色に感動する。

❺ 1月12日　室津に到着　1月21日に出発

船旅の途中、同乗していた人が詠んだ歌を聞き、死んだ自分の子を思いだす。そのまま十日ほど室津に泊まる。

❻ 1月29日　土佐の泊に到着　1月30日に出発

港を転々として、ようやく土佐の泊にたどり着く。早く都に帰りたいが、なかなか旅が進まない。

❼ 1月30日　和泉の灘に到着　2月1日に出発

鳴門から淡路島の南を通り、和泉国（今の大阪府南部）に入る。海賊におそわれないかビクビクしながらの船旅。

❽ 2月6日　川尻に到着　2月7日に出発

天気が悪く、和泉の灘で足止め。松原、住吉、難波を通って川尻へ。都が近づき、気持ちも明るくなる。

❾ 2月8日　鳥飼の御牧に到着　2月9日に出発

川の水が少なくて船が進みにくい。ここまで来る途中、船長が病気になる。

❿ 2月11日　山崎に到着　2月16日に出発

あいかわらず船の進みが悪いが、なんとか山崎に到着。いよいよ都が近い。

⓫ 2月16日　自宅に到着

夕暮れどき、京の都に到着。みんながよろこび、歌を詠みあう。夜、自宅に着くが、思っていた以上に家がボロボロになっている。あらためて、この家で生まれ、土佐で死んだわが子のことを思いだす。

スタート

当時の船は帆で風をうけて進むので、航海は天候に左右されたんだ。

『土佐日記』ってどんなお話？

仮名文字で書かれた日本で最初の日記文学です。紀貫之が自分の経験をもとに書いた作品で、勤務地の土佐（今の高知県）から都（京都）へ帰る道のりを日記のようにつづった日記・紀行文学です。

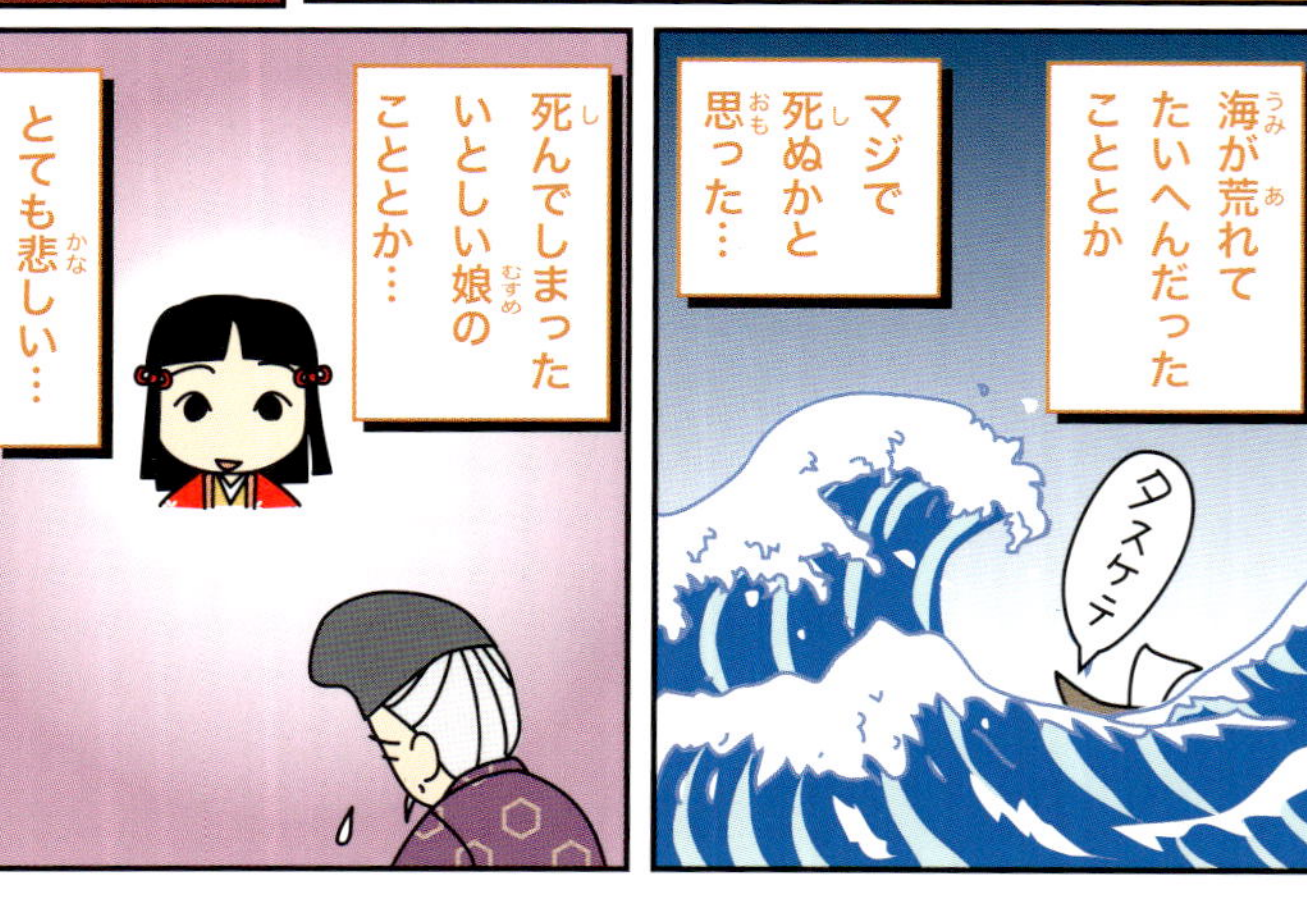

新しい文学をつくりだした紀貫之

優れた和歌をたくさん詠み、『古今和歌集』▼44ページの撰者（編集者）でもあった紀貫之は、時代を代表する歌人であり文学者でした。その彼が仮名文字を使って『土佐日記』を書いたことで、女性を中心に仮名文字が広まり、新しい文学の扉が開かれました。

のびのび書かれた日記

『土佐日記』が生まれるまでは、日記といえば貴族が日常のできごとを漢文で記す記録だった。それに対して、貫之は架空の女性のふりをして、仮名文字で書いている。また、単に「何月何日にどこどこを通って、どこへ行った」のような旅の行程を記録するだけでなく、そのときどきの場面や風景、同行者との会話、そのときに詠んだ歌や思いなどをまじえている。ここが、ただの日記とはちがうところ。貫之が旅を題材に自由な発想で文章を書いたことよって、「日記文学」という新しい文学が生まれた。

多くの女性に影響を与えた

▼『人物で探る！　日本の古典文学　清少納言と紫式部』参照

この日記以降、おもに貴族の女性たちによって、さまざまな日記文学や随筆がつくられるようになった。藤原道綱母の『蜻蛉日記』▼72ページや、和泉式部の『和泉式部日記』、紫式部の『紫式部日記』、菅原孝標女の『更級日記』、清少納言の随筆『枕草子』などが有名。

これらの作品は、すべて仮名文字で書かれている。そして、日々のうれしかったことや悲しかったこと、あるできごとをとおして考えたことなどがつづられている。

清少納言です。仮名文字のおかげで、日々のできごとや私が感じたことなど、自由に書くことができたの。

土佐日記

序・十二月二十一日

旅のはじまり 男もすなる日記といふものを

日記

原文を読んでみよう

男もすなる日記といふものを、女もしてみむとてするなり。それの年の師走の二十日あまり一日の日の、戌の時に門出す。そのよし、いささかものに書きつく。ある人、県の四年五年果てて、例のことども皆し終えて、解由など取りて、住む館より出でて、船に乗るべきところへわたる。かれこれ、知る知らぬ、送りす。年ごろよくくらべつる人々なむ、別れがたく思ひて、日しきりにとかくしつつ、ののしるうちに夜更けぬ。

この場面のお話

男の人が書いているという日記を、女の私も書いてみよう。ある年の十二月二十一日の夜八時ごろ、旅立つ。その旅のことを、少しばかり書く。

ある人が国司としての四、五年をつとめあげ、仕事の引きつぎなども全部やり終えて、住んでいた家を出て、船着き場まで行く。顔見知りの人たち、知らない人たちが見送りをしてくれる。別れがたくて、一日中あれこれしているうちに、夜がふけてしまった。

日記を書いている女の人はだれ？

日記を書いているのは、女のふりをした紀貫之。貫之が、いっしょに旅をした架空の女性をつくりあげ、その女性目線で日記を書いている。日記の中で貫之は、「ある人」とよばれ、主人公として登場している。

では、なぜ女性のふりをしたかというと、当時、男性は漢字、女性は仮名と決まっていたため、仮名で書くのに、書き手が男では都合が悪かったのだろう。さらに、仮名で書くことで和歌や詩的なことが書け、文学的な日記ができあがった。

紀貫之はユーモアのある性格だった!?

女性のふりをして日記を書くなど、貫之はユーモアのある性格だった。日記の中にもそうした性格がよくあらわれている。

たとえば、「上、中、下、酔ひ飽きて、いとあやしく、潮海のほとりにて、あざれあへり」という一文。「身分の高い人も低い人も、みんな酔っぱらって、海の近くなのに腐った魚のようにぐでんぐでんになって、じゃれあっている」と書いている。「あざれ」に、「じゃれあう」と「魚が腐る」の二つの意味をもたせて、酔っぱらいを腐った魚にたとえておもしろがっている。

用語解説

＊戌の時……今の午後八時ごろ。
＊そのよし……旅のこと。
＊例のこと……ここでは、仕事のひきつぎのこと。
＊解由……仕事をひきついだ証明書(解由状)。

土佐日記
二月四日

泊の浜で足止めされ…

四日。

原文を読んでみよう

四日。楫取、「今日、風、雲の気色はなはだ悪し」といひて、船出ださずなりぬ。しかれども、ひねもすに波風立たず。この楫取は、日もえはからぬかたゐなりけり。

この泊の浜には、くさぐさのうるはしき貝、石など多かり。かかれば、ただ、昔の人をのみ恋ひつつ、船なる人のよめる、

寄する波 うちも寄せなむ　わが恋ふる　**人忘れ貝**　**下りて拾はむ**

といへれば、ある人の堪へずして、船の心やりによめる、

忘れ貝 拾ひしもせじ　**白玉を**　**恋ふる**をだにも　かたみと思はむ

このお話のはじまりは……

和泉の灘を出て、海岸ぞいを難波へ向かう途中、天候が悪くなり、足止めになっている。

この場面のお話

二月四日。船頭が「今日は天気が悪くなる」といって船を出さない。だが、一日中、風も波もなかった。この船頭は天気もわからない馬鹿者だ。

この浜には、さまざまな貝や石がある。それで、死んだわが子を恋しく思いだしてしまう。船にいる人が

“寄せる波よ、どうか打ち寄せておくれ。恋しい人を忘れることができるという忘れ貝を。そうしたら船を降りて拾うから”

と歌を詠むと、ある人がたえきれずに、歌を詠んだ。

“亡き子を忘れてしまう忘れ貝など拾いたくない。白玉のような子を恋しがるこの気持ちだけでも、あの子の形見として大事にしましょう”

死んだ子のことになると、親は考えが幼くなってしまうものだ。「玉というほどの子ではなかっただろう」と人はいうかもしれない。だが、「死んだ子はかわいい」というではないか。

日記

マンガで読む！
今日は風も雲もヤバくて、船は出せないっす
そうか…
って、晴れたし！海も静かだし！
天気もわからんおバカな船頭め！
しょうがない浜を散歩するか
おっ
キレイな石や貝があるな
キラリン
…こういうものを見ると亡くした娘を思いだす…
…悲しい

となむいへる。女子のためには、親、幼くなりぬべし。「玉ならずもありけむを」と、人いはむや。されども「死じ子、顔よかりき」といふやうもあり。なほ、同じところに日を経ることを嘆きて、ある女のよめる歌、

手をひてて　寒さも知らぬ　泉にぞ　汲むとはなしに　日頃経にける

足止めをくって同じ場所にとどまるのをなげいて、ある女が歌を詠んだ。

“手を浸して寒さを感じるわけでもない、この泉(和泉)で、水をくむわけでもなく、日だけがすぎていく”

どうして貝で亡くした子を忘れるの？

忘れ貝は二枚貝で、その貝の片割れを拾うと、恋しい人を忘れられると考えられていた。『万葉集』にも忘れ貝の出てくる歌がある。

我が背子に　恋ふれば苦し　暇あらば　拾ひて行かむ　恋忘れ貝

（『万葉集』大伴坂上郎女／巻六・九六四）

この歌の内容

あなたが恋しくて苦しい。時間ができたら拾いに行きましょう。恋を忘れさせてくれるという忘れ貝を。

貫之の子はそんなにかわいかったの？

貫之は亡くした子のことを「玉のようにかわいい女の子だった」といっている。続いて、「それほどでもないだろう、いう人もいるが、親にとって亡き子の思いでは美しいもの」といっており、本当にかわいかったどうかはわからない。文中にある「死じ子、顔よかりき」は、「死んでしまった子は、よけいにかわいく思う」という意味のことわざ。

用語解説

＊ひねもす……一日中。　＊日もえはからぬ……天気のこともわからない。　＊くさぐさの……さまざまな。　＊うるわしき……きれいな。

＊昔の人……亡くなった娘。　＊白玉……愛しい人のたとえ。ここでは亡くなった娘のこと。

…忘れることができるという忘れ貝がほしいよ
そんなことをいうな、あの子はすごくかわいい宝物みたいだったじゃないか。忘れたりしないでずっと思ってなよ
…いやぁ他人から見たらふつうかも…
そこはそれ、親バカってやつで
それほどでも
世間の人も死んでしまった子どものことを、かわいかった、きれいだったというよね
リアル
リアル
かわいかった
うちも

土佐日記
二月十六日

京の都に着いたけれど…
さて、池めいて窪まり、

日記

このお話のはじまりは……

二月十六日の夜、京の自宅にもどり、旅も終わりとなる。久しぶりに帰って来たわが家の様子は……。

原文を読んでみよう

さて、池めいて窪まり、水つけるところあり。ほとりに松もありき。五年六年のうちに、千歳や過ぎにけむ、かたへはなくなりにけり。今生ひたるぞまじれる。おほかたの、みな荒れにたれば、「あはれ」とぞ、人々いふ。思ひ出でぬことなく、思ひ恋しきがうちに、この家にて生まれし女子の、もろともに帰らねば、いかがは悲しき。船人も、みな子たかりてののしる。かかるうちに、なほ、悲しきに堪へずして、ひそかに心知れる人といへりける歌、

生まれしも　帰らぬものを　わが宿に
小松のあるを　見るが悲しさ

とぞいへる。なほ、飽かずやあらむ、

この場面のお話

さて、自宅は、地面がくぼんで池のようになっている場所がある。そこに松がはえていたのだが、五年六年の留守のうちに、まるで千年も経ってしまったかと思うほど、長生きのはずの松が枯れてなくなっている。そうかと思うと、若い松がはえている。あちこちがボロボロで、みんな「なんてことだ!」と声をあげる。

この家は思い出が多い。この家で生まれた女の子が、いっしょに帰って来られなかったことが、特に恋しくて悲しい。同じ船だった人たちも、みな親子いっしょになってさわいでいる。こんな中では悲しみにたえられず、この気持ちをわかってくれる人と歌を詠んだ。

“ここで生まれたあの子も帰らないのに、わが家に小さな松が育つのを見るのは、なんと悲しいことだ”

マンガで読む!
家にもどれば、池のほとりにあった松が半分くらいなくなってるし
新しい松がはえてるし…
留守にしたのは五、六年なのにこの荒れぐあい
まるで千年も経ったみたいじゃないか…
うらしまたろうかよっ
庭が荒れたのも悲しいけど…
ここで生まれたあの子が今はもういないのが…

また、かくなむ、

見し人の　松の千歳に　見ましかば
遠く悲しき　別れせましや

忘れがたく、口惜しきこと多かれど、え尽くさず。とまれかうまれ、とく破りてむ。

松を見て悲しんだのはなぜ？

松は千年生きるといわれる長寿の木。わが子もそんな松のように長生きするはずだと、作者は思っていた。だが、その子は土佐で死んでしまい、いっしょに京に帰ってくることはできなかった。

留守の間に、以前はなかった小さな松がはえているのを見ると、亡くなった子どものことが思いだされて、作者の胸は悲しみでいっぱいになってしまう。

これでは満足できず、また、こう歌を詠んだ。

〝千年生きる松のように長生きするあの子を見たかった。そうだったら、こんなに遠く悲しい別れをしなくてすんだのに〟

このように、忘れがたく残念なことも多いのだが、とても書ききれない。とにかくこんなものは早くやぶってしまおう。

『土佐日記』はやぶり捨てられたの？

「こんなつまらない日記はやぶってしまおう」といっただけで、本当にはやぶり捨てていない。それは当時の読者もすぐにうそだとわかった。日記のはじまりで女性のふりをしたのと同じように、「早くやぶってしまおう」と書くことによって、貫之は「この作品はつくりもの」というメッセージを読者におくっている。

つくりものとして日記を書くことで、ただの日記とはちがう〝文学作品〟としての「日記文学」が生まれた。

本当にやぶってたら、
みんなに読まれてないもんね。

船でいっしょに帰ってきた人は、みんな子どもたちに囲まれて大さわぎになってる…
二人っきりの私たちは
あの子のいない家は悲しい…
松の木みたいに長生きしてほしかったのに…
もうこれ以上何も書けない…
今まで書いたものも、みんなやぶってしまいたい…

用語解説
＊千歳……千年。
＊飽かずやあらむ……満足できない。
＊とまれかうまれ……「ともあれかくもあれ」。とにもかくにも。とにかく。

これも読んでおきたい！
平安時代の日記文学

『蜻蛉日記』

女性による日記文学としては、最初の藤原道綱母（９３６？～９５５年）の日記です。道綱母が藤原兼家と結婚していた954年から974年までの21年間がつづられています。

平安時代の中ごろ（九七四年ごろ）に、藤原道綱母によって書かれた日記。日記は上、中、下の三巻からなる。上巻の最後にある「あるかなきかの心地するかげろふの日記といふべし」という文から『蜻蛉日記』という名前になった。

上巻は九五四年から九六八年まで。長男の道綱が生まれ、幸せな生活がスタートするが、いろいろな女性とつきあう夫へのやきもちから夫婦の仲が悪くなっていく様子がえがかれる。

中巻は九七一年まで。夫婦の仲がさらに悪くなっていく。作者は家出して山寺に二十日間こもったり、大和国（今の奈良県）を旅したりする。

下巻は九七四年まで。夫への想いがやがてあきらめの気持ちにかわり、おだやかな内容がつづられる。

当時は、男の人が結婚した女の人の家に通っていたの。男の人は、数人の女の人とつきあうことが多かったから、結婚しても毎日会えるわけではなかったの。

作品名：石山寺縁起絵巻　所蔵先：石山寺
藤原道綱母が石山寺に詣でて、寺で眠っているときに見た夢の内容がえがかれている。

登場人物紹介

兼家の別の妻で、道綱母のライバル。はっきりと名前はでてこないが、藤原中正の娘の時姫と考えられている。

当時、権力をにぎっていた藤原一族の一人。一族の中でもエリートで女性によくモテた。

貴族で歌人の藤原倫寧の娘。美人で歌がじょうずだったといわれている。

時姫 ―夫婦― 藤原兼家 ―夫婦― 道綱母

藤原兼家 ↔ 町の小路の女

道綱母・藤原兼家 ―親子― 藤原道綱

町の小路の女

兼家のつきあっている女性。兼家は、道綱母をほったらかしで彼女のもとに通っていくので、道綱母はやきもちをやいている。

藤原道綱

道綱母と兼家の間に生まれた長男。おとなしい性格で政治のいざこざにはむかないところがあり、母をやきもきさせる。

女流文学の先がけ『蜻蛉日記』

『土佐日記』は男性である紀貫之が女性のふりをして書いた日記だったが、この作品は本当に女性によって仮名文字で書かれた最初の日記といわれている。

また、『土佐日記』は日々の旅の記録としての意味あいが強かったが、こちらは日々のくらしの中で自分を見つめる内容となっている。このように、自身の内面や気持ちをほり下げる内容は、のちの『源氏物語』などの文学に影響を与えた。

道綱母は歌の名手

藤原道綱母は、中古三十六歌仙の一人に選ばれている。また、本朝三美人の一人ともいわれ、才色兼備な女性だった。

のちの時代につくられた作品にも登場するほど、『蜻蛉日記』の中の「これより、夕さりつかさ」▼74ページの話は有名です。歴史物語の『大鏡』には『かげろふの日記』と名づけたことが記され、道綱母と兼家、二人の歌がのっている。勅撰和歌集▼20ページの『拾遺和歌集』には、歌のうまい道綱母が詠んだ歌のみがおさめられている。

用語解説

＊中古三十六歌仙……藤原範兼が撰者である家集『後六々撰』に選ばれた三十六人の優れた歌人。

＊本朝三美人……日本の三大美人のことをさす。衣通姫、小野小町、道綱母の三人。

蜻蛉日記

夫の心がわりを枯れた菊にたとえて

これより、夕さりつかた

日記

この場面のはじまりは……

九月ごろ、兼家が外出している間に、ふだん兼家が使っている文箱をふと開けてみた道綱母は、そこに手紙を発見する。中身を見ると、自分とは別の女に送ったものだった。ショックを受けた道綱母は、「手紙を見たわよ」ということを夫に知らせようと、歌を残す。それでも夫が別の女性の家に通うことは止まらない。

原文を読んでみよう

これより、夕さりつかた、「内裏にのがるまじかりけり」とて出づるに、心得で、人をつけて見すれば、「町の小路なるそこになむ、とまりたまひぬる」とて来たり。さればよと、いみじう心憂しと、思へども、いはむやうも知らであるほどに、二三日ばかりありて、あかつきがたに門をたたく時あり。さなめりと思ふに、憂くて、開けさせねば、例の家とおぼしきところにものしたり。つとめて、なほもあらじと思ひて、

なげきつつ　ひとり寝る夜の　あくるまは
いかに久しき　ものとかは知る

と、例よりはひきつくろひて書きて、

この場面のお話

夫が夕方に「宮中でことわれない用事があって」と出かけたので、人にあとを追わせたところ、「町の小路にある、どこそこに泊まった」と報告がきた。やはりと思って悲しくなるが、夫にどういったものかわからない。そのうち二、三日ほどして明け方に門をたたく音がした。夫が朝帰りしたのだろうと思い、うんざりして開けずにいると、うわさの町の小路の女の家の方向へ行ってしまった。早朝、何もしないではいられないので、夫へ歌を詠んだ。

“嘆きながら一人で寝る夜が、明けるまでどれほど長いか、あなたは知っていますか”

マンガで読む!

移ろひたる菊にさしたり。返りごと、「あくるまでもこころみむとしつれど、とみなる召使の来あひたりつればなむ。いとことわりなりつるは。
げにやげに 冬の夜ならぬ 真木の戸も
おそくあくるは わびしかりけり」
さても、いとあやしかりつるほどに、ことなしびたる、しばしは、忍びたるさまに、内裏になど言ひつつぞあるべきを、いとどしう心づきなく思ふことぞ、かぎりなきや。

と、いつもよりきちんと書いて、色あせはじめた菊といっしょに送った。すると、夫からの返事は、「夜が明けるまで門が開くのを待ってみようと思ったが、急ぎの使いが来たので去ったんだ。あなたが怒る気持ちは当然だよ。“本当に冬の夜が明けるのは遅くてつらい。だが、なかなか戸を開けてもらえないのもつらいものだよ。”」

そのころはいいわけもしていたが、そのうち夫は平気な顔で女のもとへ通っている。せめて「宮中へ行ったんだ」などといってくれるのが当然なのにと思うと、ますますやりきれない。

歌に菊をそえたのはなぜ？

「菊の花の色がかわってしまったように、あなたの心も私から別の女のもとにいってしまったのですね」という意味を伝えようとした。つまり、菊の花は、兼家の心をたとえた小道具として使われている。

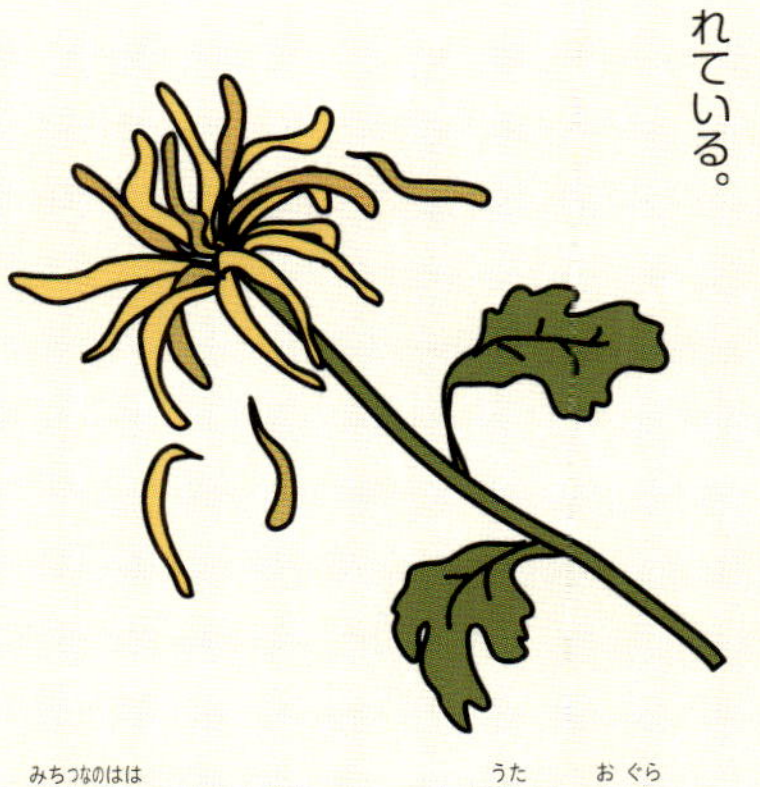

道綱母の「なげきつつ…」の歌は、小倉百人一首にも選ばれている。

どうして戸を開けなかったの？

この当時の常識では、夫は夕方に妻の家にきて、朝になってから帰るものだった。ところが兼家は、非常識にも明け方にやってきた。最近の兼家の態度にも腹がたっていた道綱母は、わざと戸を開けなかった。

用語解説

＊夕さりつかた……日が沈むころ。夕方。　＊あかつきがた……夜が明ける前のまだ暗いころ。　＊ものしたり……行ってしまった。　＊つとめて……早朝。日がさしはじめたころ。
＊例よりはひきつくろひて……いつもよりきちんと整えて。　＊あくる……「戸を開ける」と「夜が明ける」ことの掛詞。

コラム 3

百人の歌を集めた「小倉百人一首」

奈良時代から鎌倉時代初期までの一〇〇人の歌人の歌を、一人一首ずつ選んでつくった歌集です。

だれがつくったの？

歌を選んだのは、藤原定家（▼49ページ）。依頼したのは、親戚の宇都宮頼綱。頼綱は京都の嵯峨野に別荘を建てて、そのふすまにはる色紙がほしかった。そこで、定家に頼んで和歌を書いてもらったのがはじまりとされている。

藤原定家（1162〜1241年）

どんな歌が選ばれたの？

歌は『古今和歌集』（▼20ページ）など一〇の勅撰和歌集の中から選ばれている。

『古今和歌集』……二四首
▼44ページ
『後撰和歌集』……七首
『拾遺和歌集』……一一首
『後拾遺和歌集』…一四首
『金葉和歌集』……五首
『詞花和歌集』……五首
『千載和歌集』……一四首
『新古今和歌集』…一四首
▼48ページ
『新勅撰和歌集』…四首
『続後撰和歌集』…二首

小倉ってどこ？

京都の中部を流れる大堰川（桂川）の北にある、こんもりと丸い山が小倉山。そのふもとに定家の山荘があって、そこで和歌を選んだことからこの名前がついた。

小倉山は標高300メートルほどの山。

かるたになったのはなぜ？

百人一首は江戸時代のはじめに、絵入りのかるたになった。「かるた」はポルトガル語で「カード」のこと。ポルトガルから海を渡ってきた船乗りたちがカードゲームを日本に伝え、それをまねしてつくったといわれている。

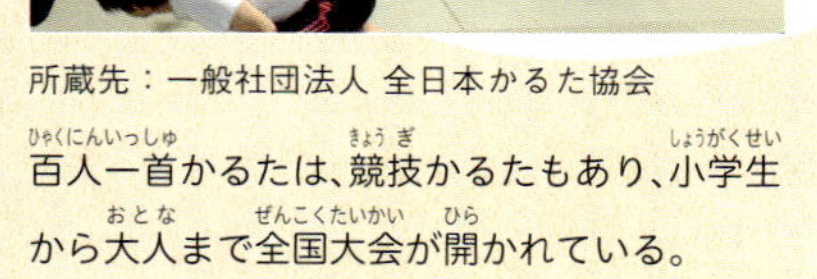

所蔵先：一般社団法人 全日本かるた協会

百人一首かるたは、競技かるたもあり、小学生から大人まで全国大会が開かれている。

どんな人の歌があるの？

一番の天智天皇から一〇〇番の順徳院まで、ほぼ年代順に歌が並んでいる。六歌仙▼45ページの歌はもちろん、定家自身の歌もある。ライバルどうしといわれる清少納言と紫式部の歌があったり、定家の恋人の式子内親王の歌があったりして、人間ドラマもおもしろい。

かささぎの　わたせる橋に　置く霜の
白きを見れば　夜ぞふけにける
大伴家持（中納言家持）

6『新古今集』

▼4ページ

この歌の内容

七夕の夜に、かささぎが翼を連ねてつくるという天の川の橋。それにたとえられる宮中の橋に、まっ白な霜がおりるのを見ると、夜がいっそうふけてきたことを感じる。

ちはやぶる　神世も聞かず　龍田川
韓紅に　水くくるとは
在原業平（在原業平朝臣）

17『古今集』

▼46・60ページ

この歌の内容

不思議なことがさまざま起こるという神の時代でも、龍田川がこんなに赤く染まるなど、聞いたことがない。

このたびは　ぬさもとりあへ（え）ず　手向山
もみぢ（じ）のにしき　神のまにまに
菅原道真（菅家）

24『古今集』

▼53ページ

この歌の内容

今度の旅は急で、神にささげる幣も用意できなかった。そのかわりに、山の紅葉をささげます。

人はいさ　心も知らず　ふるさとは
花ぞ昔の　香ににほひ（お）ける
紀貫之

35『古今集』

▼5ページ

この歌の内容

人の心は知らないけれど、ふるさとでは梅の花が昔とかわらずよい香りで咲いているよ。

めぐり逢ひ（い）て　見しやそれとも　わかぬ間に
雲がくれにし　夜半の月かな
紫式部

57『新古今集』

この歌の内容

久しぶりにめぐり会ったのに、あなたかどうかもわからないうちに帰ってしまうなんて。まるで雲に隠れた月のようね。

夜をこめて　鳥の空音は　謀るとも
よに逢坂の　関は許さじ
清少納言

62『後拾遺集』

この歌の内容

夜が明けないうちに、鶏の鳴きまねで朝が来たとだまして門を開けさせようとしてもダメよ。私とあなたの間にある逢坂の関は開けませんからね。

玉の緒よ　絶えなば絶えね　ながらへ（え）ば
忍ることの　弱りもぞする
式子内親王

89『新古今集』

▼51ページ

この歌の内容

私の命よ、絶えるなら絶えてしまえ。このまま生き続けて、秘密の恋心がばれてしまうと困るから。

来ぬ人を　まつほの浦の　夕なぎに
焼くやもしほ（お）の　身もこがれつつ
藤原定家（権中納言定家）

97『新勅撰集』

▼49ページ

この歌の内容

待っても来ない人を待つ私は、松帆の浜辺で焼いている藻塩のように、恋に身がこがれてしまいそうだ。

※ 歌の下の「〇『……』」は、百人一首の歌番号と、歌がのっている勅撰和歌集の名前です。

人物で探る！日本の古典文学 大伴家持と紀貫之

※文学作品で、特にくわしく紹介しているページには色をつけてあります

監修　早稲田大学教育・総合科学学術院教授　福家俊幸

企画・制作　やじろべー
ナイスク　http://naisg.com
松尾里央　高作真紀　岡田かおり　鈴木英里子　谷口蒼　安藤久美香　杉中美砂

制作協力　松本理恵子

デザイン・DTP　ヨダトモコ

イラスト　杉本千恵美　網瞬太

写真・資料提供　奈良市役所／奈良国立博物館／高岡市万葉歴史館／宮内庁／東大寺／奈良国立博物館／高岡市万葉歴史館／京都市歴史資料館／東京国立博物館／アマナイメージズ／薬師寺／奈良文化財研究所／PIXTA／NPO法人仙覚万葉の会／山田暢司／富士市／愛知県立大学長久手キャンパス図書館／公益財団法人前田育徳会／石山寺／一般社団法人全日本かるた協会

参考資料／参考文献　面白くてよくわかる！　万葉集（株式会社アスペクト）／人物・資料でよくわかる日本の歴史3　奈良時代（株式会社岩崎書店）／教科書の絵と写真で見る日本の歴史資料集第2巻　奈良時代～平安時代（株式会社岩崎書店）／京都・嵐山　時雨殿で学ぶ　百人一首　おもしろハンドブック（小倉百人一首殿堂　時雨殿）／新編　和歌の解釈と鑑賞事典（有限会社笠間書院）／ゼロからわかる！　図説　百人一首（株式会社学研パブリッシング）／歴史の流れがわかる　時代別　新・日本の歴史②　飛鳥・奈良時代（株式会社学研教育出版）／歴史の流れがわかる　時代別　新・日本の歴史③　平安時代（株式会社学研教育出版）／学研まんがNEW 日本の歴史 別巻　人物学習辞典（株式会社学研プラス）／学研まんが　日本の古典　まんがでわかる　日本の古典大事典（株式会社学研プラス）／学研まんが　日本の古典　まんがで読む　万葉集・古今和歌集・新古今和歌集（株式会社学研プラス）／万葉集事典（株式会社講談社）／暗誦　百人一首（株式会社永岡書店）／マンガで楽しむ古典　万葉集（株式会社ナツメ社）／マンガで楽しむ古典　百人一首（株式会社ナツメ社）／楽しくわかる　万葉集（株式会社ナツメ社）／地図で見る日本の歴史2　飛鳥・奈良・平安時代（株式会社フレーベル館）／光村の国語　はじめて出会う古典作品集　土佐日記・枕草子・更科日記・方丈記・徒然草・おくのほそ道（光村教育図書株式会社）／光村の国語　はじめて出会う古典作品集　万葉集・古今和歌集・新古今和歌集・百人一首・短歌・俳句（光村教育図書株式会社）／新編日本古典文学全集（小学館）

※本書の原文は、『新編日本古典文学全集』（小学館）を参考にしました。底本により、表記・表現がちがう場合もあります。
※本書の原文は、声に出して読むことができるように現代読みの表記で適宜ヨミをつけました。
※旧かな使いによるヨミはひらがなの横に（　）付きで音を示しました。
※本書は2018年2月現在の情報に基づいて編集・記述しています。

人物で探る！ 日本の古典文学　**大伴家持と紀貫之**
万葉集 土佐日記 古今和歌集 伊勢物語ほか

2018年3月10日初版第1刷印刷　2018年3月15日初版第1刷発行

編集　国土社編集部

発行　株式会社　国土社
〒102-0094　東京都千代田区紀尾井町 3-6
TEL 03-6272-6125　FAX 03-6272-6126　http://www.kokudosha.co.jp

印刷　株式会社　厚徳社

製本　株式会社　難波製本

NDC 911・913・915・918 80P 29cm ISBN978-4-337-27931-5 C8391